Kroppsligheten

KROPPSLIGHETEN

J.P. CUENCA

Översättning från portugisiska:
Wera von Essen

BOKFÖRLAGET TRANAN

MINISTÉRIO DA CULTURA
Fundação BIBLIOTECA NACIONAL

Boken är utgiven med stöd från det brasilianska kulturministeriet/Fundação Biblioteca Nacional.
Obra publicada com o apoio do Ministério da Cultura do Brasil/Fundação Biblioteca Nacional.

Bokförlaget Tranan 2016
Originalets titel Corpo presente

Översättning Wera von Essen
Omslag My Hellsten
Tryck CPI, Leck, Tyskland 2016

ISBN 978-91-87179-61-7

Bokförlaget Tranan
Wollmar Yxkullsgatan 5B
118 50 Stockholm
info@tranan.nu · www.tranan.nu

Till Carmen

ORDLISTA

Baile
Folkfest i *favela* (slumområde), styrd av gangstrar, musiken är en blandning av hip hop och funk.

Bandida, cachorra, pepita, popizuda, potranca, tchutchuca
Slang för de unga kvinnor som dansar och står i centrum på *baile*-festerna.

Cruzeiro
Motiv på de brasilianska mynten anno 1942–67, 1970–86, 1990–93.

Despacho
Rit inom *macumba*, eller *umbanda*, afrobrasiliansk religion, där man offrar mat och vin till gudarna, till exempel till havsgudinnan Yemanjá.

Perua
Slang för en kvinna som passerat trettiofem men som beter sig som om hon vore i tjugoårsåldern.

Portunhol
Blandning mellan portugisiska och spanska.

Posto Seis
Copacabanas och Ipanemas stränder är uppdelade i poster.

Salgado
Liknar en croissant, fylld med ost och/eller skinka.

Men så ler du mot mig, kvinna, och livet lever.
Joao Antônio

CARMEN

Carmen orkar inte stå på benen längre. Med ena handen håller hon bebisen mot bröstet och med den andra ordnar hon i lådorna, de är fulla med blöjor. Hon ger upp sitt försök att få ordning på blöjorna, lämnar förpackningarna på golvet. Hon griper tag i bröstvårtan och för in den i bebisens mun. Då och då slinker den ut. Och då och då blir Carmen så trött att hon slumrar till, som om hennes existens upphörde för ett par sekunder. När det händer kommer Carmen på sig själv med att sova stående, hon vaknar skrämd av sin egen hjärtklappning, letar efter bebisen. Oftast ligger bebisen kvar på bröstet och Carmen frågar sig var den kommer ifrån, kraften som får hennes armar att hålla kvar bebisen trots medvetslösheten. Alberto är på jobbet. Carmen är ensam med bebisen.

Carmen konstaterar att hennes bröstvårtor är enorma, och brösten med. Knubbigare, hårda som två päron. Sedan bebisen föddes har Alberto slutat höra av sig. De enda sugmärken som Carmen får nuförtiden är från bebisen och Carmen skulle ha skrattat åt det om hon bara hade haft ork. Bebisens sömn är vanvettig, labil, feber i natt. Och Carmen lever ett liv utan dag och natt. Hon anpassar sig efter bebisens oförutsägbara humör. Hon träffar inte sina väninnor längre, hon har sagt upp sig från sitt jobb, hon läser inte, följer inte såpoperan. Hon har blivit som ett primitivt djur vars enda funktion är att ge bebisen bröstmjölk och torka rent dess anus. Carmen har inte tid att raka benen eller tvätta håret. Sakta men säkert blir hon ett djur, som bebisen. Carmen smutsar ner sig med bebisen. Hon blir dum med bebisen. Korkad med bebisen. Carmen har gråtit med bebisen. Allt detta enar dem på ett sätt som Alberto inte skulle förstå.

Bebisen är mycket hungrig och suger hårt på Carmens vänstra bröstvårta, det börjar göra ont. Carmens ögon sluter sig, hon kommer att somna stående igen. Men Carmen sover inte. Carmen är så utmattad att hon inte har kraft att tänka vid bebisens sida. Carmen smutsar ner sig med bebisen. Hon tänker på Alberto, men han känns värdelös nu. Carmen tänker på sin kollega. En gång tog han med Carmen till en restaurang där de drack öl efter jobbet på banken. Han var stor och armarna starka. Alberto känns värdelös nu. Carmen tänker på mannen som kommer in genom dörren, hon borde ha serverat honom kaffe. Bebisens sugningar följer en oupphörlig rytm. Den suger kraftfullt. Carmen tänker på sin kollega och undrar hur han doftar, hur han smakar. Carmen tar på sig själv i takt med bebisens sugningar. Carmen smutsar ner sig med bebisen. Hon stoppar in fingrarna i sin vagina, den dryper. Bebisen suger och suger, likgiltig. Mjölken sinar. Carmen känner sig våldtagen. Hon kramar hårdare om bebisen och trycker dess huvud mot sin hals. Hon klämmer på bebisen. Mannen tar av sig kläderna med sina starka armar, de är håriga. Han trycker kuken mot Carmens ansikte, hon ställer sig på knä, med bebisen mot bröstet, för att kunna suga. Bebisen suger Carmen. Carmen suger mannen. Carmen smutsar ner sig med bebisen. Carmen stoppar in fingrarna djupare i sin vagina. Hon smeker klitoris med pekfingret. Hon fnyser ilsket och trycker bebisen hårdare mot sig. Bebisen slutar inte att suga Carmen. Carmen känner sig våldtagen. Hon stoppar andra handens fingrar i sin mun och rättar till bebisen. Carmen blir primitiv med bebisen, men hon tänker inte mer på det nu. Det kommer att gå för mannen. Carmen biter i sina fingrar. Bebisen får tänder och biter i Carmens bröstvårta. Carmen smutsar ner sig med bebisen. Hon ylar. Hon skriker. Hon gråter med bebisen.

Carmen exploderar. Hon sliter bebisen från sitt bröst och skjuter den ifrån sig. Hon skriker mellan hickningar ”Den är din, den är din, för fan!”, hon vrider sig i spasmer av njutning, hon sätter sig på stolen, sträcker ut benen och trycker bebisens ansikte mot sina indränkta trosor. Men hon dröjer, hon dröjer med att komma. Vågor, ett flöde av rytmisk njutning, likt bebisens sugningar. Tills Carmens ögon sluts igen.

Bebisen kommer att börja gråta, vettskrämd. Carmen kommer att lägga den mot bröstet och somna.

2.

LÅNGA RADER av fönster staplade som boxar och en alltid öppen lobby, inga frågor. ATT LEGITIMERA SIG ÄR EN RESPEKTFULL HANDLING, bara denna värdelösa upplysning uppspikad på väggen. Byggnaden är som en cigarett utan filter, utan telefon. Svarta och vita barn, fler svarta än vita, hela dagarna åker de upp och ner i de aldrig tomma hissarna. Tjugotvå lägenheter per våning, öppet dygnets tjugofyra timmar. Det är alltid varmt. Det är inte mycket till svalka i korridorerna, det är fläkten som. Och många gånger är det helt enkelt bara kåthet. Spår av hudbristningar som döljer sig innanför flickornas tighta shorts, med rakpermanentade hårsvall och blottade navlar blandar de samman sina säregna dofter när de väljer våning och skvallrar i de gemensamma utrymmen som tillhör byggnaden på Prado Júnior. Dialogerna, samma sak alla tider på dygnet: "Läget, ska du jobba eller?" Jag ler helt öppet och föreställer mig hur jag lyfter på den där T-shirten och nafsar på flickans ljusa små bröstvårtor, hon som tittar på mig som om jag faktiskt skulle kunna göra detta vilken sekund som helst. Jag kommer fram till nedre botten.

Flera gånger om dagen går jag ut och in i båset utan kök, utan hall, utan skåp, utan handfat, med endast det som utmärker ett singelhushåll: tvättställ, två kokplattor, ett litet kylskåp, en madrass på golvet, en gitarr utan strängar, en cd-spelare, några böcker, spridda cd-skivor, tvåsitssoffa, en garderob och ett litet badrum. Fönstret som vetter mot den lilla innergården är alltid stängt. Med tvångsmässig nyfikenhet följer jag livet som slår ut i alla de andra fönstren, alldeles för tätt inpå. När ljusen släcks kan jag inte låta bli att hålla fast vid tanken på de andras fortsatta existens som surrande tar sig fram likt en enorm fluga.

Det är bara att luta öronen mot väggarna och lyssna till bajset som faller genom rören som skiljer oss åt. Vi lever belägrade mellan vätskor och tankar som går förlorade i luften. Mysterium bakom varje gardin. Ofattbara perversioner och självklara vardagligheter. Ett barns minnesluckor, en mors nedtystade frustration, en hunds beklagande uppsyn, en flickas hemligheter nedskrivna i dagboken, breven som ingen läste, förseglade kuvert, livet som flyter på, gin som spillts på soffan; det är söndag och gryning i ännu en enrummare nio våningar över marken, ljuset från grannens tända lampa envisas med att ta sig in genom mitt fönster, vinner över mina ögonlock.

3.

ISOLERAD FRÅN resten av världen tack vare havet och stenarna föds dagen i Copacabana. Den Nya Tunneln öppnar vägen, längs vilken livet ser ut att flyta utan synd. Frustrationen från tvåhundratusen invånare påbörjar sin strömning ner genom barernas avlopp, i varje hörn, fem tillhåll per kvarter. Få är de som skådar dagens rödhet. Gangstrar, sopgubbar, tidningsbud, ett halvt dussin transvestiter, trötta horor, hundar samt en och annan gamling som promenerar längs stranden. Gamlingar med nedsatt sömnbehov dyker upp i varenda dörr och trapp. Gamlingarnas sömn blir allt kortare. De stiger upp i gryningen. När de inte kan stiga upp mer dör de, uppsatta som begravningsbesked i min hiss. Varje vecka ett nytt meddelande – VI INFORMERAR OM BORTGÅNGEN AV DE FÖRE DETTA BOENDE I LGH 503. Det tid och rum som gamlingarna disponerar gör att deras dagar ser ut att vara likadana. Och dagarna i Copacabana slutar inte att födas likadana. Mer lika för varje gång.

Solen lösgör sig från havet, hettar upp horornas sömn, gringos gömda bakom silvergardiner, gatubarn och uteliggare och under markiser och genomlortiga filtar. Den lyser upp Avenida Atlânticas panoramafönster. Lyser upp varje kant på luftkonditioneringssystemen, ritar fram grisigheten under taken, där är fullt med folk, etagevåningarna och swimmingpoolen på Copacabana Palace, spionerar genom fönstren, värmer sexiga afrotårar, läker sår, droppar blod på marken, de skenheligas mantra, knäböjande framför de slitna badrumsskåpens speglar, de dumma små hundarnas promenad, de slumrande portvakternas leda, alla dessa människor utan hopp som sover allt mindre medan deras dagar försvinner bort i en gemensam sörja. Gamlingarnas sömn blir allt kortare. Dagen i Copacabana föds, barnen säljer koks på Djalma Ulrich. Drömmar faller från himlen. Dagen föds bakom skyskraporna, föder det fula ur det vackra. Föds tills det inte längre finns någon skillnad.

Ljuset väcker den gamle Alberto som tuppat av efter att ha snortat kokain från stjärtskåran på en sjuttonårig böghora. Pojken studerar på det allmänna läroverket vid torget Lido där jag bor. När jag går ut genom hallen stöter jag ihop med dem.

Han ser på mig och skrattar, den jäveln.

5.

GRYNINGENS KLARHET bakom bladen där uppe färgar mina armar silvriga. Jag försöker gå så rakt som möjligt, tittar åt sidorna: de smala gatorna, tomma, gränderna, tomma. Under det mörka ljus som dagen kräver för att födas blir gatorna allt lättare att förväxla. Mina ögon försöker hålla fast vid bilderna – de flyr utan återvändo. Vid övergångsstället blinkar det gult, gult, och vid tredje blinkningen är jag redan vid ett annat kvarter men hastigheten gör att varje kvarter ser likadant ut som det förra. Tid och rum gör att allt ser likadant ut. Dagarna av idag kommer att se likadana ut allihop. Ingenting gör någon skillnad.

Jag köper dagstidningen och ser på när sopgubbarna spaltar upp pappersmassorna, lastar över numren med lördagsutgåvor, kör sin väg med truckar fulla av papper. De tjänar föga, deras blickar är avlägsna. Tid och rum gör att allt ser likadant ut. Dagarna av idag kommer alla att se likadana ut, döda. Från och med den första ljusstrålen som bländar oss, kaklet som löper längs väggarna, flytande masker i denna ordens korridor, allt får oss att glömma det enda vi kan vara säkra på, ett lock av fett skyddar oss från oss själva. Jag hyser större tilltro till döden än till mig själv. Om folket förstod detta så skulle jag inte ha någon tidning att läsa.

Solen går upp bakom Niterói medan jag går min väg, fortfarande berusad, av sprit och av dessa mina sterila tankar. Förödelsen lämnar jag bakom mig. Jag återupptar min raka gång. När jag kommer hem ska jag upptäcka att de sålt mig gårdagens tidning. Det kommer inte att göra någon skillnad.

7.

PÅ TROTTOAREN, en grabb tigger pengar av mig. Jag kammar igenom fickan och för femtio centavos köper jag trettio sekunders frid i själen. Solen slår mot de portugisiska stenarna, värmer de mörka stenarna. Jag skulle vilja gå till en plats där jag aldrig har varit. Ödet på dessa gator är redan förutbestämt, vägarnas tydlighet förvirrar mig. Finns det någon drog som kan frigöra mig från kännedomen om denna stad och dess riktningar? Glömma dess kurs och samlade klichéer, alldeles för uppenbara. Glömma detta axiomatiska Copacabana, blottat. Det här stupet som faller i ett hav smutsigt av själar renade med alkohol, doften av eukalyptus, hårbalsam och rengöringsmedel, Copacabana: mänsklighetens hörn, civilisationens ruckel, femstjärnigt boende, full breakfast, transport inkluderad i priset, madamer på tur med katter, transor som pissar stående, femton real i inträde och rätt till en inhemsk drink, hundrafemtio per timme, en och sjuttiofem per minut i hytten?

11.

NÄR CARMEN säger åt mig att slicka henne trycker jag näsan mot hennes vita stjärtskåra, sträcker ut tungan inuti hennes kropp. Smaken är sur, bitter, jag tänker att från och med detta ögonblick ska min uppgift i livet bli att göra Carmen söt. Det är det enda som förtjänar min omsorg.

Bortsett från detta har jag inga som helst intressen och jag värjer mig. Gränslöst suger jag blodet ur mina vänskaper och uttråkad förpassar jag deras innehåll ur min kropp med samma enträgna spänst som hos den som gör sig av med en grov bajskorv. Likt en glanskostare när jag mig på omgivningen, en romantisk parasit. Vänskaperna byts ut i takt med mina anställningar, en var tredje månad. Byggjobbare, analytiker, byråkrater, och samtalsämnena dör ut alldeles för snabbt. Snart finns inget intresse kvar och varje återseende blir störande och sorgligt. Jag tänker att de lika gärna kan dö allihop, så att jag slapp dem. I så fall skulle jag kanske bevara ett trevligt minne och inte smaken av bortslösad filmrulle och upprepad eftermiddag i min mun. Men de insisterar på att fortsätta leva, vandrar spottande omkring, tar sig fram som spöken.

Jag skulle vilja skriva som "min generations stora tänkare", men den består tyvärr av gnälliga medelmåttor. Jag stirrar dem i ögonen och det enda jag ser är reflexer av tomheten i var och en av oss, bakom tjocka glasögon, skrynkliga öron, under blonderat hår, varenda dag i media, programmerade församlingar och sofistikerade sessioner på bio, allt är samma stora sak, repetitioner av överflödiga strukturer som om ingenting fanns eller vore möjligt utanför denna tomma nostalgi.

Det enda som mitt matsmältningssystem inte förmår lösa upp är Carmen. Hon är den enda som överlever utan skam, hon går naken genom detta ändlösa nekropolis, trampar med sina små fötter på de döda, söndrar kött och snubblar på ben. Hon stöts mot de livlösa kropparna, jag upptäcker Carmen på gatorna, i varje stängt fönster, bakom hörn, mellan varje krossad spegel, varje förlorad natt.

13.

DET BÖRJAR med en mycket enkel melodi, ett lågt muller, finstämt, den inledande pianostrofen öppnar mina vyer samtidigt som den strålar starkare för varje gång jag hör den, ackorden faller samman i en kontrapunkt mot refrängen, vilar i basläge, andas, orkestern pausar och går sedan till motattack, knyter sig runt min hals, mina ögon fylls med blod, ett korus av röster, ljudet vandrar genom min kropp. Cellos attackerar samma not igen, orkestern ändrar rytm, långsammare, släpigare, öronsnäckorna ordnar upp kompasserna, förbereder sig på att återgå till refrängen, tamburinerna dånar, slagverken skjuter städ mot golvet, skakar, en klar och kompakt rytm, blåsrören går på upptäcktsfärd genom kaoset, öppnar upp för harmonin, stänker noter åt alla håll, gitarrer spottar gällt och ljudet blir en stor svart monolit tills det inte går att höra skillnad på instrumenten, tills det inte längre finns något centrum, tills det inte längre finns någon anledning för musikerna att spela; allting är tydligt nu, polletten trillar ner och blottar horisonter med kraften från två solar, mina tankar räcker inte till när musiken återgår till refrängen, unisont, med en explosions kraft.

Jag känner hur Carmen andas genom lakanet, jag lägger åter min hand på hennes midja, gömmer mig i hennes kurvor och finner evigheten i varje rörelse från hennes armar. Det här är vad som botar mig från rädslan för världen där jag planlöst irrar omkring, utför mina meningslösa handlingar. Genom Carmen förgyller jag detta oförståndets och skitsnackets universum, genom Carmen möter jag mig själv på det enklaste och mest helhjärtade sätt. Döden som jag vill åt, min enda dotter, Carmen.

Carmen inger mig ingen lust att skriva. Om världen vore lika äkta som Carmen skulle jag inte ha något att säga.

17.

JAG ÖPPNAR dörren, ser mig själv i spegeln. Att vara någon är en ganska allvarlig sak. Det finns inget alternativ, du måste ensam bära uniformen som är du själv överallt. Den där konstiga mannen, samma gamla vanliga gestalt, den konstanta underligheten, det trötta ansiktet. Det åldras i spegeln. Masken, fängslad i ett skal som ruttnar i takt med åren och användningen – ingen återvändo, medan du läser detta gör jag upp en budget för Carmens stora svettiga bakdel.

”Vad var det du hette nu igen?”

Carmen vaknar, griper tag i sitt svarta hår, fortfarande vått av svett, hon sätter sig på sängkanten som ett barn.

”Alberto.” Jag säger det utan att tänka.

Carmen skrattar och ber om mat. Vi går och äter frukost på bageriet.

19.

JAG ÅKER uppåt i den fulla hissen, skyndar mig att söka upp ett hörn, svetten strömmar ner från håret, rinner mot nacken, fler människor kliver in, knuffas, tittar ner, tittar upp, åt sidorna, åt alla håll, men ingen av dem, ingen av deras blickar korsar den räta linje som har tecknats av min blick. Golvet tar sig sakta uppåt, lådan kryper genom den vertikala korridoren som balanseras av åldrande ström, inget underhåll, den vacklar som min ojämna andning. Olika väsen andas, de tänker lågt, ointagliga rytmer och fragment, de slåss om luften i den lilla kupén, rektangulär och ihålig. En annan blick, mekanisk och fixerad vid taket, glor på passagerarna, outtröttligt återgivna i två parallella speglar som får hissen att bli till flera, var och en till flera, multiplicerar de ofokuserade blickarna, dessa räta linjer som aldrig korsas. Blickarna faller aldrig på den smutsiga hy som täcker de olika ansiktena. De undviker varandra. Hissen stannar, jag är framme.

Tiden följer en beskäftig rytm. Ljudet från luftkonditioneringen, datorns skärm som repeterar sina budskap, budbärare som kommer och går, allting vandrar i en märklig riktning som får varenda dag att falla bort på samma sätt, metodiskt. Musiken som de stora högtalarna spelar, samma enkla melodi, upprepas oräkneliga gånger, vävs samman av en orkester, kommer och går så många gånger, får er alla att verka så vulgära. Oss alla.

Solen drar sig tillbaka genom fönstrens mörka rutor och världen utanför detta timglas följer en annan rytm, mindre koncis.

23.

ATT ÅTERHÅLLSAMT ta sig igenom dagen är inte lätt för den som är beklagansvärt självmedveten. Inre röster dömer val, återupplivar skulder, påminner om allt som du vill radera från det eviga nuet, i vilket ingenting förlorar sin tyngd. Men det slutar med att man uppfinner en helt laglig och folkkär drog som dövar problemet – du kan använda den på kontoret. Jag har blivit beroende.

En tredjedel av dagen stirrar jag på en blå skärm, väntar på order. Jag måste ha stimuli, ljussignaler, någon måste skriva till mig, jag kan inte vänta. Jag är en ensam mekanism som väntar på ett klick och förutom det kräver jag ingenting av er. Er närvaro är utbytbar och irriterande. Era röster tröttar ut mig, jag behöver inte höra dem. Inte ens per telefon. Ni behöver bara skicka ett meddelande. Det spelar ingen roll om jag förstår vad ni skriver, det är ändå värt det. Jag stänger ner era ord på en sekund. Vår kommunikation är lösryckt, jag känner dig inte, men vi känner till detaljer om varandras liv.

Jag läser din dagbok, jag vet vad som händer med dig, vi utbyter förtroligheter. Det avskräcker mig inte. Du vet, vi skriver ju inte ens ordentligt. Vi klarar inte av att skriva mer än två sidor. Vi vågar oss på krönikor och noveller, men vi har inte stoff till en roman. Vänta lite, vi pausar för att göra annat, men jag kan inte sluta att läsa eller tala med dessa fascinerande människor som jag knappt känner. Att slösa min tid på dessa fascinerande människor som jag knappt känner. Dåligt betalda dåligheter nio till fem.

Om några månader avskedar de mig från den här anställningen. Det är en konstig sorts stolthet, bekräftelsen på denna min talang att undvika arbete. Det är som att bli dumpad av en kvinna som du vet inte förtjänar dig. Det fyller dig med visshet. Jag har inga pengar men jag vet att de finns där. De finns, de sprider sig från väskorna hos dem som vågar sig ut på gatorna i importerade bilar, de fyller restauranger, shoppingcenter, barer, dyra hotell, de finns på bankerna, i båtarna, nattklubbarna, gymmaskinerna, i den schysta marijuanan, kokainet, i de lyxiga hushållsredskapen, havsutsikterna, hororna med gult hår; jag kan känna, jag kan vidröra pengarna, jag kan känna deras garderobslukt, lukten av mig, pengarnas äckliga beröring, banan genom tarmarna som pengarna följer för att nå fram till oss. En dag ska de falla i min ficka. Jag fortsätter att göra det jag gör, vidriga anställningar, medan jag skriver det här. En dag ska de falla. Och jag ska böja mig ner för att plocka upp dem.

29.

JAG GÅR över gatan i riktning mot havet, stora kliv, Carmen runt armen. Framför mig skjuter jag bebisens vagn. Det är söndag och Avenida Atlântica är stängd för bilar. Ljudet från tutor och motorer har bytts ut mot familjer som släpar på öl i styrenplast *för att hålla den kall*, flickor i bikini, cyklar, skotrar, tjocka gamla damer, gatubarn, barn som spelar fotboll, rullstolar, rök från små grillfester, magra svarta sluminvånare och blondiner i högklackat. Copacabana om söndagarna är precis såhär förutsägbart och jag flyter fram bland alla dessa varelser på trottoaren.

Carmen ler sitt stora leende och säger något om bebisen. Vi stannar för att köpa kokosvatten, var försiktig så att bebisen inte får diarré, bebisens huvud måste täckas med keps, titta ordentligt på bebisen. Det är ungen som bestämmer. Han stjäl min plats i sängen. Men jag älskar honom ändå, som hade jag inget val. En lycraklädd mulatt går förbi, hon ser mig i ögonen. Carmen är upptagen med bebisen som gråter de tårar jag lagrade i flera år innan jag sköt in honom mellan hennes frodiga lår. Han begråter sitt arv. Han är körd. Mulatten har rakpermanentat hår. Hon kommer fram till mig, Carmen har vänt ryggen till, främlingen sticker in en lapp i min ficka. Hon stryker fingrarna över min kuk. Det finns ingen skugga på stranden, solen står i zenit.

Vi promenerar till klippan i Leme. På håll ser vi ett tiotal fiskare tillbringa dagen med att försöka få napp. De får ingenting.

31.

DET ÄR ALLTID en stenkross som spräcker asfalten, alltid en hammare som bankar på byggnaderna i denna stad under evig konstruktion som blir nedriven och uppsatt vareviga dag tills det inte får plats fler spikar, träbitar och cementsäckar. Vi vaknar och jag slår på teven. Jag sätter mig i soffan, öppnar en tidning.

”Kom hit min prinsessa.”

Likt en fysiker som söker efter en formel som förklarar universums alla fenomen, stjärnexplosioner, kärnfusioner, interaktionen mellan de små element som bildar en ljusstråle, hastigheten hos ett virus som sprider sig, förstör celler, replikerar och muterar, tuggar jag på innebörden av Carmens existens som det enda som verkligen finns, utan illusioner, speglar eller filosofi.

Stenkrossen fortsätter att hugga sönder trottoaren, portugisiska stenar sprängs i bitar, men Carmen är här, i underbyxor och blus, och allt blir sött. Hon sätter sig i mitt knä, stryker med handen över mitt ansikte, smeker mitt skägg, gosar med min trötta kropp. De spruckna väggarna, målade av Carmen, hennes naiva bilder: dockor, glada hus, barnsliga trädgårdar, röda rosor, leende solar, slumpartade regnbågar, färgglada och intetsägande, från vardagsrummet fram till hennes rums dörr. Jag låter Carmen måla, låter henne göra det hon förstår sig på. När hyresvärden kommer på mig målar jag väggarna vita igen.

Det är fest hos grannen. Carmen pekar, ber att få gå dit. Grannarna sitter till bords, äter och dricker, högljudda. Jag reser mig upp, och jävla skit, alla ser mig, fönstren är för nära inpå, allt är för nära inpå, jag har bara kalsonger på mig och jag skäms över min kropp, den obscena magen, de gula fingrarna, de nedbitna naglarna, men så ser jag på Carmen och glömmer bort alltsammans och jag tänker bara på Carmen och hennes lilla kropp vid min sida. Ömheten mellan hennes knubbiga armar. Carmen, gullungen, tittar på mig och ler, fri från sig själv.

”Pappa, jag vill ut och leka ... Ta med mig ut?”

Men jag tar aldrig med Carmen ut.

37.

JAG OCH ALBERTO bestämmer oss för att ta ett par bärs. Värmen får Baixo Gáveas vattenpölar att dunsta så att du ska kunna se bristen på alternativ, och vätska spills ut medan dåligt rakade kvinnor tittar mot vårt bord i fyrtiofem graders hetta. Jag står inte ut med den här förjävligheten längre, förstår du Alberto? Denna idéernas kyrkogård, det tomma ljudet från alla dessa munnar som öppnas och stängs, som dricker och äter pizza lika återuppvärmd som deras tankar. Du kan känna trögheten i våra huvuden, det är bara ett enormt blåsljud utan mening eller mål. Det finns ingenting att hämta här, det finns inget råmaterial att ta av, källan har sinat. All denna vulgära och bländande förfining och jag ser bara rovfåglar som äter skit i en steril öken.

Den ständiga omtagningen och vi är så geniala att ingen ens hört talas om oss. Och kvinnorna fortsätter att vara neurotiska. Och maten blir bara sämre och sämre där hemma, min vän. Det enda ankaret som finns är glasets. I glasets botten, där hemma. Jag vet inte om jag dricker för att jag har anledning till det eller om jag uppfinner anledningar till att dricka, det spelar ingen roll och kanske är det precis så.

Och när du är i gott sällskap Alberto, med en god vän, faller hela grejen bort, speciellt under en desperat natt som denna. Och våra samtal går djupt. Den alkoholiserade servitören har redan börjat bli snubblig och jag svär att jag klår dig ikväll. Ett därför har ingen förklaring och det är gott så, och vi beställer ännu en gintonic, Alberto. Röken stiger. För varje runda försvinner jag längre bort från allt och under den korta stund jag ser mig själv i badrumsspegeln känner jag inte igen mig själv, ärligt talat känner jag ju inte ens dig min vän, men det spelar ingen roll längre. Huden föll av i takt med gryningen och jag känner mig ny och glänsande. Som isen som åker in och spottas ut ur min mun. Ja mamma, det är dumt, men jag klarar inte av att äta is. Kommer du ihåg när jag bet i ett glas och du, Carmen, plockade splittret ur min mun? Vem samlar ihop bitarna idag, mamma? Jag fortsätter att äta is och bita i glas.

En pojke utmanar mig att spela luffarschack. Men jag vet inte hur man spelar, grabben tror mig inte, jag spelar och förlorar, men jag tänker inte betala. Jag är en usel förlorare, mamma, och det vet du.

41.

DEN SVARTA LYXBILEN parkerar i hörnet Prado Júnior/Atlântica. På framsätet, ett rött tygstycke. Det är tecknet.

Carmen och Alberto har bestämt att jag ska hämtas två kvarter ifrån mitt hus klockan tio på kvällen. Där är den rödhåriga som håller det röda tygstycket mot fönstret. Plan B är rätt enkel, att ta tygstycket och knyta det runt halsen. Jag ignorerar det löjliga i situationen, det är så jag gör. Strax sitter jag i baksätet.

En snabb tröst, Carmen bryter isen, bjuder på vodka med citron, i flaska. Jag dricker så fort jag kan. Begränsningen sticker mig i ögonen men Carmen låter inte tystnaden vinna i bilen. Alberto talar nästan aldrig, han nöjer sig med att hemlighetsfullt betrakta mig i backspegeln. Konversationen kommer in på arbete (alla ljuger) och andra banaliteter.

När vi går nedför trapporna till klubben, dekorerade med gul neon och speglar, tar Carmen min hand, mjukt. Alberto bär sin medelåldersflint några steg framför oss, lugnt. Genom cigarettrök och svarta ljus, stället är stort. Det luktar desinfektion. Vi tar ett diskret bord nära ett litet podium mitt emot baren. Jag beställer ett glas gin. Carmen går på toaletten. Längst in i salongen avslöjar en stor teveskärm vad som sker i en av husets hytter – en fyrtioårig kvinna suger av två ynglingar medan en gamling slickar henne. Fyrtio par i alla åldrar fyller klubben, stämningen är familjär som på bingo eller en söndagsmiddag. De talar, dricker, bestämmer tid och plats för att uppfylla sina perversioner, banaliserar fascinationen inför det förbjudna. Likt ett nudistlägers erotiska neutralitet blir utlevandet till byråkrati. Ingen tittar på teveskärmen.

Carmen rullar mot badrummet, hon har rött fint långt hår. Prövad av livet, mor till två söner, ändå håller hon fortfarande kroppen slank och stark.

43.

MIN MAMMA påminner mig om den där gången då jag åt ett mynt, ett sådant där med *cruzeiro* på. Jag vet inte varför i helvete jag äter mynt, kanske på grund av brist på sötsaker eller av ren glupskhet. Faktum är hursomhelst att jag stoppar myntet i munnen, suger på det som en karamell. Det slutar med att myntet slinker ner i min hals. Den hemska känslan av att inte få luft, som om någon grep tag om mitt struplock, som om livet flydde mig genom näsan, den hänger kvar än idag.

De enda barndomsminnen som vi lyckas behålla är de otrevligaste. Våra föräldrars process, i förhållande till vår barndom, är den motsatta.

Efter några oändliga sekunder sväljer jag slutligen myntet. Jag berättar för mamma, med barnets enkla alldaglighet. Hon blir utom sig av oro. Hon tar mig genast till doktorn, som tar röntgenbilder. Och där är myntet, i min mage. Doktorn siar:

”Oroa er inte, barnet kommer själv att göra sig av med myntet.” Och min mamma ser till att jag de följande dagarna bajsar i en potta. Hon undersöker med hjälp av grillspett mina resters innehåll. Till slut kommer myntet ut. Jag har kvar det än idag, i en ask.

Den vackraste bilden jag har av Carmen är denna: att se henne rota i min skit inuti en potta medan hon håller i två träspett, outtröttligt letande efter ett mynt, likt någon som äter sig mätt på sushi. Varje gång jag minns det här gråter jag kopiöst, med skuldkänslor som vore jag en mördare. Och detta är ännu en sak som ingen någonsin kommer att få veta.

47.

”ÄR HAN inte fin?”

Något av det allra sorgligaste som kan existera i den här världen är en ful bebis. Men jag säger ingenting till Carmen som strax stänger plånboken med fotot på sin son och lägger sin breda kropp tillrätta under lakanet. Men hon tystnar inte, hon häver slumpvis ur sig ord, berättar hur det hade slutat där borta, med arbetet som sekreterare: ”Förjävligt och bara 300 spänn, går ju inte att leva på, den här regeringen är pinsam, man måste hitta ett sätt att klara sig, men jag kan inte klaga, jag har en samling fasta kunder, de behandlar mig bra, som idag till exempel, jag har redan varit med fem stycken, men jag tänker stanna här med dig, du är schyst mot mig, cool. Kan jag få låna din mobil?, jag måste ringa till min man, just det, jag är gift, men du behöver inte vara rädd, han har inget emot det, han är arbetare, du fattar?, det är bra pengar och jag kommer alltid hem kåt, har ju tvättat mig, ja, jag kommer hem och till råga på allt knullar jag med honom, och jag knullar för att jag är kåt på riktigt, jag älskar kuk, stor kuk, gillar på riktigt alltså, ju mer jag själv tar för mig desto fler kunder får jag för män gillar lukten av män, ni är alla likadana, små bögar allihopa, men jag gillar er, det är bara det att vissa kunder är äckliga, feta och gamla som inte tvättar kuken, dem tycker jag inte om, nej, men små pojkar som du, ah, om jag kunde få ha kunder som du varenda dag, den här härliga kuken, mmm, kom så ska vi ha kul och jag ska suga dig, det ska jag, jag ska svälja dig hel."

53.

DYGDIG ÄR änklingarnas smärta. Respekten som kampen för med sig täcker över dekadensen i det hela, rensar ut deras synder, klär deras kroppar i välskurna kostymer. Huvuden och röster sänks när mannen som gråter av rätt orsak passerar – han vinner till och med ett visst mått av berömmelse. Som en stjärna i sluten kamp, beundrad av den som får sig en glimt. Även med ovårdat skägg, berusad och smutsig, håller mannen som gråter av rätt orsak huvudet högt och ser folk i ögonen, full av heder och karaktär.

Men när jag lägger mig i sängen, gömmer mig under täcket, vem ser på mig då? Vem ser på en man som gråter på grund av möjligheter i överflöd? Vem knyter upp knuten inuti den som begär för mycket? Vem förlåter den som växlar ihop allting, förstör planer, dödar det som inte hinner födas? Ingen kommer att be den bönen. Jag avundas värdigheten hos den som gråter av sorg.

Jag läser ännu ett brev, ”min förälskelse dog av

utmattning", jag lägger mig ångerfull bredvid Carmen, vet inte vad jag ska göra av mitt ansikte. En framtid utan kvinnorna existerar inte, det är bara en avlägsen och svart plåga – de bär mig under ögonlocken. Carmen säger att hennes förälskelse dog av utmattning. Men vem skriver något så dumt utan att vara förälskad?

Den olyckligaste varelsen i världen befinner sig vid kanten av kistan tiggande om att få följa med på kvinnans resa, trots att han vet att hans barn behöver honom mer än någonsin, men det är annorlunda, han vet det, han är deras far, inte mor, det bara är så. Bredvid Carmens kropp tänker alla att det hade varit bättre om de hade dött istället för henne. Och det hade det.

Alberto ska ta sig ännu en sängfösare och ägna sig åt sina visioner, med röstläget hos den som sover ensam:

"Det är på grund av olusten som vi måste konstruera sakerna runt omkring oss. Den dagen då majoriteten av kvinnorna förstår sig själv, inte på det här feministiska/sexistiska sättet utan på det sätt jag förstår dem, den dagen då kvinnorna tar till sig vällusten, den saliga, absoluta, ouppnåeliga, den dagen, min älskling, kommer ni att sätta igång och knulla!"

Jag skulle gärna delta, men förmodligen kommer jag att vara hemma i sandaler – vattna ormbunkarna och tafsa på vår sjuttonåriga hushållerska.

59.

SOM SAGT, vår generation är underlig, Alberto. Kvinnorna skäms över att ligga, vi vågar inte publicera och jag kan inte minnas att jag sett en enda spontan människa under de senaste fem åren. Förutom du och jag, förstås. Dörren stängs och alltid är det någon jobbig jävel som ska försöka ta sig in till baren efter stängning. Jag vill inte stanna här längre. Det är fortfarande tidigt, vad göra av all karisma?

Vi drar till *bailen*. Men det måste vara en riktig *baile*. Det måste vara en *community baile*, den här populariseringen har fläckat ner rörelsen. Det värsta som kan hända en estetik vilken som helst är att den adopteras av medelklassen. Men slutar det inte med att vi ändå vill ha den just så? Kulmen nås före, precis före massadoptionen. Och det är där jag alltid vill vara. Massan sabbar all charm, min vän. Märk väl att det är före, just före. Jag bryr mig ju föga om folk som inte har några som helst pretentioner. Att ha ett band bara för att spela i garage och skriva en bok bara för att skicka den på mejl, sånt bryr jag mig inte om. Det är bara en etapp. Jag vill vara där, just före glorian och på randen.

Vad gäller funken är du och jag en del av massan, Alberto. Och de svarta är kungar.

Vi tar en rökig taxi. Till favelan Pavão. Taxin skär genom Nossa Senhoras tunga luft medan polerna vrider på sig och jag kan inte fixera mina tankar eller min blick vid något överhuvudtaget. Men idag är detta ingenting dåligt. Idag kan jag söndra asfalten med mina naglar och erövra alla rumpor vid busshållplatserna. Idag bränner jag mina hjärnceller och går på alla fyra i ett av Copacabanas smutsiga hörn.

”Dit upp kan jag inte köra”, grymtar chauffören.

Dit upp går vi till fots.

Brorsan, du fattar väl att det är *bailen* som äger, vi måste in. Du och jag, två dudes med judelook, jag i gympaskor, du i knäppt skjorta. Och vi slingrar oss upp genom de små gångarna där kulan plötsligt kan träffa. Statslös. Utan pappa, utan mamma. Vi har gått in i deras universum, Alberto.

De är alltid här, i gäng. Vi tittar på dem. Ingen kliver över gränsen. Det talas om integration, men ingen kliver över gränsen. För att komma över måste du förstå. Och för att förstå måste du känna och se. Blicken från den gamla gumman i fönstret, blicken från gemenskapen, blicken från väktaren som stirrar på dig. Han är hemma. Du är en inkräktare, Alberto. På samma sätt som de är inkräktare på vår gata.

Vi betalar inträdet och försvinner in. Ett dansgolv, enormt, en parad av gangstrar, *potrancas, tchutchucas, popizudas* och *pepitas*. Ljudet är bedövande, det går inte att urskilja något. Det suddar ut allt. Vi går upp till andra våningen för att köpa mer dricka och hur lång tid tar det? Jag har aldrig erfarit en sådan hetta, Alberto. Det är en synlig och hörbar hetta, det är hetta för varenda por och jag svettas ymnigt. Gängets våta fotspår, de underbara kreolskorna som jag aldrig har legat med, gangstrarna skulle kunna håna mig för det. Tjejerna visar upp sig i urringade toppar, *cachorras, bandidas,* beredda. De ormar sig. Där inne är allt tillåtet och jag ser hur kreolerna slickar tjejerna, Alberto. I trapporna, på dansgolvet, i dj-båset. Det är vackert att beskåda.

På andra våningen, en stelare stämning. De som bär gevär, de patrullerar, de vaktar en dörr. Vid tröskeln frågar de mig: ”Svart eller vit?” Det är en dröm, Alberto. Jag vill ha bägge och du ger mig pengar, jag har aldrig tillräckligt mycket på mig. Vi går in. Chefen undrar ifall vi är gringos.

Inuti ett ljust rum, fler beväpnade människor. En enorm kreol håller i två 38:or i silver. Röda ögon. Jag ser den där blicken igen men jag är redan för långt borta för att oroa mig. Jag är för lost för att bli rädd. Vi har redan försvunnit, här kommer ingen att hitta mig. Om det händer något dunstar jag. Jag gick över gränsen och kan inte återvända, men det är jag för upptagen för att tänka på.

61.

DE INBJUDNA armbågar sig fram i den fullpackade salen, de tar girigt för sig av champagnen och ännu en och annan salgado, vars fyllning är lika mjuk som de inbjudnas steg över trottoaren när de försöker undvika att väcka ännu en och annan uteliggare vid byggnaden där den vågade konstnärens senaste utställning äger rum, under strålkastarljus och med hundratals säkerhetsvakter på plats. Efter tjugo år av succé på marknaden och hos kritikerna tillkännagavs ( ), den siste individualisten, genom sina rådgivare.

Den verkliga identiteten, ett mysterium. Inte ens det egna teamet känner till den. ( ). Det finns inga officiella siffror som bekräftar kön, ålder, nationalitet, ras eller credo. ( ) kontaktar dig via sina assistenter genom brev utan avsändare eller med tidningsannonser. Pengarna för de sålda verken levereras av handlarna inuti paket i papp på uppgjorda platser, vid soptunnor, telefonkiosker eller viadukter.

Sekretessbelagda kontrakt skrivs under av alla inblandade som, även om de skulle upptäcka ( ):s identitet, hellre dör än avslöjar hemligheten och summan av böterna ifall avtalet bryts. Många ser konstnärens vägran att uppenbara sig som ett pr-trick. Andra säger att ( ) har förvandlat sin relation med sitt yttre universum till en katt- och råttalek, eller det hela är till och med, säger andra, ett konstverk.

Inbjudan till den sista individualisten ( ) besitter en extra anledning till att bli så omtvistad. Det sägs att ( ) själv kommer att vara närvarande vid tillfället, förklädd bland de trehundra gästerna.

67.

VI KOMMER ut med de små påsarna i hand. En svart och en vit. Det räcker till oss bägge, Alberto, och just då tappar jag bort dig. Jag har en påse med vitt pulver i handen.

Jag trycker mig mot en danserska från *bailen*. Carmen ber mig att kalla henne för Bandida-762. När jag kan se henne bättre känner jag den där typiska kontraktionen mellan benen – hon är så het att min kuk omedelbart visslar. Hon säger "kom hit". Jag lyder, håller henne om midjan, blicken fixerad vid rumpan, gjuten svank, en brygga byggd av ris och bönor.

Vid första bästa tillfälle följer jag med upp och Bandida ger mig mitt livs mest eggande kyss. Hon suger på min tunga som om hon sög på en kuk och viskar obsceniteter i mitt öra. Jag sprängs nästan i samma stund som MC:n tar sig an ett nytt beat. Det är så enkelt och skönt att vara här.

Carmen tar mig i handen och vi klättrar uppför en byggnadsställning. *Popozudas* i alla former och storlekar knullar och suger stora svarta och deformerade kukar. En stjärnorgie, en könssymfoni. Alberto, det här får vår nödställda generation att skita på sig. Flickorna, tonåringarna i röda trosor, byter snabbt partner. Vi är ingenting jämfört med dessa män, Alberto. De är hjältar – de är myten.

71.

INNE I DEN stora salongen ser jag en glaskupol peka mot skyn, dekorerad med gigantiska kupoler. Jag spikar fast fötterna i marmorgolvet och lystrar till glasklirret och stegen, rösterna bedömer kupolen, som genast spottar ut dem igen, högre och mer diffust, så att journalisternas små lögner förstärks, sofismerna upprepas, tomma fraser, vältaliga, utan syfte. Det känns som om jag skulle kunna fånga allt som sägs, men det finns ju inget intressant att höra. Jag puffar servitörens arm, tar ett glas champagne. Jag går distraherad genom korridorerna, försöker njuta av maten, luftkonditioneringen. Gratis dricka.

På den ultimata utställningen är ( ):s samtliga verk till salu, till självkostnadspris. De är helt och hållet byggda av mynt. Det finns verk i varierade prisklasser och former och de är alla stöpta i sitt eget värde. Vissa av dem är rätt vettiga, andra är kollage som slumpvis spritts över golvet. Många är enorma, de tar upp ett helt rum och kostar hundratusentals mynt. Andra, minimalistiska, gjorda av centavos, kostar som ett glas vatten. Köparna skriver under ett kontrakt som omöjliggör vidareförsäljning under de kommande hundra åren, verken kan dock monteras ner och närsomhelst användas som pengamedel. Utöver detta har ( ) skapat en svart lista på köpare om cirka tretusen namn. Konstmarknadens reaktion var omedelbar och kontroversen hamnade på kulturdelarnas förstasidor i hela landet och i hela världen. ( ) har blivit ett internationellt fenomen.

I utställningens största sal: en monumental rektangel, tio meter i takhöjd, skulpterad med en miljon mynt. Jag cirkulerar kring monoliten och där, under ett av dessa orimliga och eviga ögonblick, möter jag Carmen. Jag tar ett steg mot henne. Carmen blir rädd, lägger märke till mig, säger något oviktigt. Jag ber servitören om två glas, Carmen ler, presenterar sig blygt. Vi går sida vid sida runt den enorma konstruktionen och jag inser att jag inte behöver säga något mer, två, tre varv och min hand letar sig upp till hennes korta svarta hår, hennes vita nacke, de sorgsna ögonen, skuggiga. Vi ler berusade: ”Min man, han kan dyka upp.”

73.

BANDIDA-762 TAR med mig till ett tak. Vi hånglar och Carmen böjer sig ner till min gylf, öppnar den med sina tänder. Hon tar upp påsen ur min ficka och täcker mitt ollon med kokain. Den godingen snortar och slickar kokainet från huvudet på min kuk, Alberto. Jag är redan körd. Carmen smetar ut mer kola, vänder sig om och knullar mig frenetiskt. Jag räds, bromsar, men det jag egentligen vill är att pressa, explodera. Hon skriker, jag hör bara de hårda smällarna.

Jag är fortfarande inuti Carmen bredvid andra par och trios i några sekunder eller timmar – det går inte att avgöra. Jag är hemma, Alberto. Ingen här kan yttra mer än hundra ord. Ingen här har samma referenser som vi har. Men de vet hur man roar sig och här mår jag bra, utan blygsel. Och jag möter dig igen, Alberto. Det är på din omskurna kuk som den där flickan sjunger. Hon är runt femton år och du är en vidrig jävel.

Jag lämnar småberusad platsen. Jag klarar inte

av att blinka, tänderna skakar och könet ömmar. Dagen gryr därnere. Allting är än mer förvirrat än det vanligtvis är på den här morgonhöjden, jag kan bara tänka att jag är här och att det är just här jag vill vara.

79.

SOLEN BÖRJAR gömma sig bakom de höga byggnaderna som omger torget vid Lido, men barnen fortsätter att spela boll, häver sig på gungbrädor, springer efter varandra, trehjulingar snurrar, varv efter varv, okontrollerbara, förpestar barnsköterskors, mödrars och kvinnors tillvaro, de som positionerat sig nära inpå alltsammans, vaksamheten i luften är militärisk.

Jag vill ta mig till rutschkanans topp. Mina ben kämpar för att ta första steget på järntrappan, smutsig av jord från andra barns skor. Med en kraftansträngning lyckas jag stödja mig på mina händer, trots rädslan. Jag bestämmer mig för att inte titta ner och för att inte under några som helst omständigheter ge upp, inte ens om solen går ner. Jag föreställer mig hur jag i mörkret blir på det klara med uppdragets idioti efter att alla andra har gått hem för att se på teve. Hela torgets uppmärksamhet riktas mot min förnedrande utmaning, alla barnsköterskor, mödrar och till och med de äldre barnen ser på mig, säkra på att jag kommer att misslyckas.

Benen skakar av min kroppstyngd och jag håller hårt i ledstången. Sakta tar jag ett steg, ett till och ännu ett. Marken är alldeles för långt borta nu. Jag tittar åt sidan och ser torget som i panorama, byggnaderna i art déco, ändlösa trupper, garnisoner av änkor och barnsköterskor, en värld av kvinnor i alla åldrar, storlekar och färger, med alla sorters dofter, alerta observerar de varje liten detalj i varje litet fönster. För ett ögonblick känner jag mig säker. Men när jag påminns om höjden kallsvettas jag, fötterna tvekar, modet kollapsar.

Jag känner en lätt puff på axeln, en fast andning når mina öron bakifrån. Doften av Carmens långa hår, hennes mjuka röst, hennes enorma närvaro, allt detta får mig att slappna av i kroppen och nu tar Carmens stora händer tag i mig och stödjer mig tills jag lyckas ta de resterande stegen upp till den oändliga rutschkanans topp.

Trots Carmen vid min sida har jag inte kraft att stå på benen och jag sätter mig ner på rutschkanan med benen pekande neråt. Carmen lämnar mig ensam och går till rampens slut, redo att ge mig en vänskaplig kram.

”Kom, Alberto! Kom, pojken min, kom till mamma. Kom!”

Carmens röst botar min rädsla. Jag förbereder kroppen på fritt fall, sluter ögonen, låter den åka. Jag bryr mig inte längre om de andra pojkarna, de äldre barnen från skolan, inte ens om barnskötarna eller de gamla änkorna, det jag vill är att förlora mig mellan Carmens tjocka och skrynkliga armar.

När jag kommit ner till marken avlägsnar Carmen dammet från min uniform, rättar till mina kläder – två daskningar på min rumpa.

Hon köper maniocakex åt mig.

83.

UTSIKT FRÅN baren på Atlântica. Jag fokuserar på bordet där jag samtalar med Alberto mellan ölglas. Vid grannbordet en grupp svenska turister. Ett följe losers håller dem sällskap, de blir fler och fler under nattens gång. Att berätta: horor, hallickar, en gatukonstnär som tecknar ett porträtt, en polaroidfotograf samt en mulatt från förorten som kan tala svenska. Dessa personer anländer pö om pö och plötsligt sätter de sig ner och börjar äta och dricka på gringons nota. Konversationen är livlig, hororna talar en blandning av engelska och *portunhol*, gatukonstnären tecknar svenskarna riktigt uselt, mulatten som kan tala svenska talar svenska och hallicken, en gammal kreol, säger ingenting. Vid betongbänkarna utanför restaurangen stryker de omkring: dealern, tjuvarna, rånarna. Ett bord med gringos på en restaurang vid havet i Copacabana kan bli till ett komplett ekosystem inom loppet av några minuter.

En av hororna tittar diskret på mig. Hon har lagt

sina två ben på en av svenskarnas lår, han som såklart har mer pengar än jag. Kvinnan har en hud så svart att den absorberar allt ljus från taklamporna, från gatan, från bilarna som passerar, och resten av existensen blir mörkare medan hon skiner starkare. Den urringade blå klänningen guidar mina ögon ner mot hennes knä och snart kan jag inte se något mer. Alberto talar om bröst, svenskarna talar om bröst, mulatten som kan tala svenska talar om bröst på svenska och till och med Carmen talar om bröst, men inuti mig.

Alberto skålar med en kliché:

”För kvinnorna! Dessa små evigheter.”

Jag sväljer bittert ginen. Effekten av alkoholen som letar sig upp mot axlarna är den bästa känslan på hela dagen. Den påminner om när Carmen dansar naken där hemma.

”Fan! När jag var ung och kände mig som du, vet du vad jag brukade göra då? När jag skulle sova fantiserade jag om kvinnorna som jag skulle få. För de finns där ute, allihopa, de flyter i våra huvuden, de går på gatorna, andas samma luft, under samma himmel. De är vakna allihopa just precis nu, förstår du? De existerar redan. Allt händer. Deras svartsjukegräl, det förflutna som en dag ska plåga dig, det sker nu medan vi sitter här och dricker. Har du tänkt på att ditt förflutna i framtiden är idag? De är redan födda. De är redan där och blöter ner sina trosor. Och du kommer att älska var och en av dem. Du kommer att älska dem desperat, tills du glömmer allt, glömmer Carmen, glömmer din vän här. Du kommer passionerat att kyssa munnen som idag slickar en idiots pung, just nu, i detta ögonblick. Allt händer nu för fan! Det är ett evigt nu, förstår du att ingenting gör någon skillnad? Evigheten är nu. Kläm på dem, brorsan! Men kläm på dem som du fortfarande inte känner. Hur mycket fitta finns kvar i den här världen för dig att lukta på?"

När Alberto är igång med sin diskurs reser jag mig, stöter till stolarna, svenskarna, brösten, jag går förbi gatukonstnären som tecknar sitt porträtt, förbi polaroidfotografen och mulatten som talar svenska, jag balanserar fram till barens trånga och smutsiga toalett. Smörgåsen sänker sig hel mellan mina tänder.

Carmen har alltid sagt åt mig att inte äta stekt ägg på kvällen.

89.

JAG TAR PÅ mig sandalerna och morgonrocken. I ett enkelt omklädningsrum byter jag om, går sedan in. En klotformad spegel reflekterar ljus i olika färger på svettiga kroppar som tillhör blondiner, brunetter, afros, alla iklädda minimala bikinis. Några blottar bröstvårtorna. Det svarta ljuset får deras tänder att lysa – afros har vackrast tänder, vackrast munnar, alltid. De rullar sina kroppar till det höga ljudet, till poprytmerna. Mellan ångorna från rökmaskinen kan jag med detaljrikedom se porer, finnar, billigt smink, rakpermanentat hår, flickornas rasande ländryggar och bäckenen – cleo, kelly, jade, andressa, sandy, dani och ytterligare en kollektion av fantasinamn med små bokstäver. Inuti var och en av dem finns universum av historier, förälskelser, kärlek och hårbalsam att ödelägga. Italienska pojkvänner, dyra presenter, juveler, förlorade barn hos mormödrar, misshandel, kokainkarriärer, psykofarmaka, taxichaufförer, hemliga romanser, knivmärken, blåmärken, äckel, multipla personligheter, depression, eufori, garanterad tillfredställelse, ”där bak kostar det mer”, ”släpp mig, rör mig inte, din jävel”, ”älskling”.

Jag sätter mig på en av stolarna. En scen om en halv meter sträcker ut sig mitt i rummet till förfogande för flickornas erotiska uppträdanden som inkluderar vibratorer, insmörjning med glidmedel samt simulerande av sex, girigt, i luften, med hjälp av järnstänger eller någon eventuell kund. Jag betalar en drink åt en av flickorna som sätter sig bredvid mig och vi skålar. Mellan kramarna och handen som smeker mig får jag en vision där Carmen dansar och stoppar in en av de där vibratorerna i sin öppna fitta. Under applåder ropar Carmen fram en av kunderna och börjar slicka på hans brösthår. Hon åmar sig, långsamma rörelser. Fler kunder går upp på scenen och börjar bända upp hennes fitta, de slickar och stoppar in några fingrar, alltid bakifrån. De festar. Carmen öppnar sin kropp för allmänt besök. Snart börjar en av dem, en gråaktig gubbe, att stoppa in hela sin hand i Carmens elastiska hål, som ber om mer. Gubben stoppar in armen, Carmen ber om mer, publiken applåderar och basljuden blir högre och snabbare för varje gång, det är bedövande, Carmen ylar av njutning, gubben börjar försvinna inuti hennes kropp, huvudet och hans två armar är redan inne, och så hälften av överkroppen, Carmen svankar ännu mer åt publiken, som om hon kunde svälja dem allihopa, de skriker: ”Knulla henne, för fan!” Allt är inslaget i toner som går högre och högre för varje sekund. Carmens vaginalsekret på scenens golv, det är en tjock buljong, gubben försvinner, förlorad i Carmens innanmäte, hon skriker och ler, skriker och ler av lycka, hennes tänder glänser, och en till man, en pojke, smörjer sig med glidmedel för att ta sig in i hennes fitta, och nu ser jag att mannen som Carmen smeker och vars bröst hon fortsätter att slicka, nu vårtorna, är Alberto, fan, det är ju Alberto, hans gråa hår, den dekadenta magen. Och jag vaknar i flickans armar:

”Somnade du, baby?”

97.

HAN LUTAR sig mot bilens högra sida och tar fram plånboken ur fickan. Med skakande händer tömmer han den, ger mig alla sedlar. Innan jag hinner blinka säger Alberto:

"Ta dem och göm dem. Det är hemligt, du har aldrig sett dem förut. Aldrig."

Jag stänger bildörren utan att säga hej då och går till porten, men jag hör inte bilen åka iväg. Alberto sänker huvudet, pressar pannan mot ratten och gråter hämningslöst ut sin ilska. Hans lever tar hand om gallan inuti honom, som ett balsam som skulle kunna hjälpa till att fräscha upp hans sjuka fantasier, den enorma skulden som förminskar allt, till och med kärleken till hans fru. Men Alberto kommer aldrig att radera något ty minnen raderas inte, de lagras. Alberto kommer att lämna sin fru och ångra sig envist, men det vet han ännu inte om.

Jag lurpassar i porten, ser hur Alberto lyfter på huvudet och startar bilen. Han vevar ner rutorna och låter vinden torka ansiktet.

101.

DET GÅR en svartvit film på bio. En gigantisk biograf i rokoko, enorma trappor i marmor, spritflaskor, labyrinter, lutande stolar. Jag går uppför de branta trapporna med små steg och letar upp en plats i den ansiktslösa publiken. Biografen är ett vattenfall där golvet inte möter utsikten – det känns som om jag skulle kunna falla i vilket ögonblick som helst. Efter att ha satt mig ner och kysst Carmen ser jag in i den jättelika bildskärmen. Jag är i filmen, går på en gata full av träd. När jag tittar åt sidan är Carmen inte kvar.

Vad gör jag: går till Carmens hus i Barrio Peixoto. Hon tar emot mig.

”Älskling, kan du vänta lite? Jag ska bara ta en dusch.”

Ja, jag sätter mig på sängen. Hör ljudet från duschen. Karaktären börjar rota bland Carmens saker. Utan att veta vad de söker går fingrarna igenom lådor på måfå. Trosor, anteckningsblock, papper och böcker. Jag ser mig själv på bioskärmen, svindeln ökar och biografen gungar kväljande från sida till sida.

Plötsligt, en sliten låda, rosettprydd. Duschens vatten faller fortfarande, jag hör dess eko i korridoren. Jag har tid, den tomma lägenheten. Jag öppnar lådan, försiktigt för att inte förstöra rosetten. Jag vet allt om Carmen. Hennes gamla historier, som om de vore mina. Våra minnen är sammanflätade, vi går i symbiotiska riktningar. Det finns inga hemligheter, inte ens halva ord. Vi går tillsammans i labyrinten. Min kontroll är total.

Försiktigt kastar jag rosetten på sängen. Inuti lådan brev och åter brev. De jävlarna var poeter, hör ni vad jag säger, *poeter*. Och på bion skriker jag i versaler: POETER, FÖR FAN! och skriket ekar en stund därinne.

Mina händer, frenetiska inuti lådan, jag vill ha mer.

Jag finner. Jag kommer alltid att finna.

103.

UNDER MIN kropps tyngd viskar Carmen: ”Säg till innan du kommer. Säg till innan.” Paret har väldefinierade regler för uppförande, en rigid disciplin, diskuterad till utmattning. Alberto gillar inte att se gästpartners komma på hans kvinna så den delen måste skötas i badrummet, långt ifrån hans blick. När jag blivit trött i benen går vi dit och stänger dörren. Jag sätter mig på klosetten medan Carmen bearbetar mitt kön med professionell precision. Det är överdrivet. Efter att jag smutsat ner Carmens sminkade ansikte, som aldrig förlorar sitt skimmer, inte ens då hon tvättar bort sperma från ögonen, ställer jag henne en fråga. Ljudet från den påslagna teven hörs genom motellrummet.

”Ah, jag tror att vi bara känner skam inför det vi inte förstår. Om du bara lever livet och experimenterar med det som är känner du ingen skam. Du känner inte. Problemet är att ibland så är skamkänslan en del av kåtheten. Sättet du ser på mig. Jag känner mer skam inför dig än inför Alberto.

Din blick får mig att skämmas men på samma gång blir jag kåt. För jag vet inte riktigt vad du tänker. Förstår du? Alberto, jag vet allt om honom. Shhh, vi går tillbaka till rummet.”

Hon sätter pekfingret på mina läppar, indikerar tystnad likt en gymnasielärarinna. Sedan tvättar hon mig i bidén, tar fram en vit handduk ur en plastpåse och torkar mig noga:

”Du måste alltid se till att torka insidan ordentligt. Annars kan du få svamp där.”

107.

MED FÖTTERNA tungt mot trottoaren väntar jag på grönt medan ett litet hav av bilar släpar ett molnigt spår av tutor och motorer bakom sig. Däck slår bort vattnet från smutsiga pölar, de dränker mina strumpor. På marken bredvid mig går två små fötter, nästan nakna. Som om de kunde värma sig bredvid mina skor närmar de sig och ser på mig från sidan.

De ljusa hårstråna som täcker benen reser sig med regnet och kölden. Ett par mycket korta jeansshorts, en tight blus och det är allt. Carmens pubertala kropp har långa ben, knotiga. Knäna och bröstkorgen pillemariskt utbuktande. Blonderat hår uppsatt i en våt knut. Hon bär på två plastkassar, har handlat åt farmor. Hon tar emot och försvinner under min jacka.

”Men blir inte du kall nu?”

109.

TAXIN SKYNDAR fram längs Barata Ribeiro och Carmen stöder sitt blöta huvud mot min axel. Doften av vatten blandas med den syrliga svetten som flödar från hennes febriga ansikte. Hon talar osammanhängande och vrider sig på sätet, hon särar på benen och lägger min hand på sitt lår, en stolpe av tjock och styv betong. Hennes kropp slappnar av mellan skuldrorna och hennes tunga söker mina läppar, trevar i min nacke, suger på min axel, hårt. Mitt ansikte försvinner mellan de enorma brösten. Medan jag tar mig fram genom hennes kropp upptäcker jag att alkoholen fortsätter att neka mig sitt rus. Carmen har stånd.

113.

CARMEN HAR total kontroll över handlingen. Trots att jag inte vet vad de stoppat i drinken ger jag mig åt dem bägge, utan att göra någon smärre åtskillnad. Att minnas Alberto kommer att äckla mig, men där och då känner jag inget annat än ett vakuum av drogen som likt ett antiseptikum hjälper mig att existera. Kropparna rör sig som skuggor och snart kan jag urskilja min frånvaro mellan porerna. Tomheten fräschar upp.

Carmen säger åt mig att lägga mig ner på sängen och Alberto lägger sig också ner, men med huvudet åt andra hållet. Vi öppnar våra ben. Med samma sorts enkelhet som när man sätter ihop en bukett blommor flätar Carmen ihop våra kroppsdelar tills de är ett och täcker dem med ett jättelikt gummi. Snart rider hon oss bägge, trycket mot min kuk är oerhört, och drinken, jag vet inte vad det var i drinken, jag känner för att kräkas på Albertos kropp och hans medelålder i flint och slips, här med könet fasttryckt mot mitt, förödmjukad som en hund.

Alberto, orörlig i den här hemska positionen, naglar fast sin blick i taket. Han ser sin fars slutna ansikte som säger saker man inte skriver, saker jag inte kan skriva här på dessa sidor, saker som inte ens borde bli ihågkomna, och hans far säger honom alltsammans till rytmen av fruns ritt.

127.

INNAN ALBERTO går in i baren beställer han en açaijuice. Han dinerar sparsamt – ett paket kex eller en *salgado*, inget mer. Det låga näringsintaget har sina fördelar, effekten från drickat är snabbare, inga hinder mellan alkoholen och magen. Man lever billigare. Biverkningarna kommer oftast dagen efter. Men att spy på tom mage gör mindre ont. Alberto känner sig ren, alltid renare än när han satte igång att dricka.

Han dricker så många timmar eller så många glas som behövs för att få bort sakernas tyngd. Han vill separera sin själ från målet. I gryningen: han vacklar, korsar sina fingrar, blandar ihop bokstäver; den suddiga skärmen får hans fingrar att konstruera förvirrade fraser som Alberto inte kommer att förstå. Det hela är utom kontroll. Tankarna sprutar, bubblar i en kokande kittel. Och Alberto lever i försöket att hitta något som kan fixera punkten mellan översvämningen som tar sig upp genom nacken och strypningen – tills han spyr. Ibland fungerar det och Alberto fokuserar på avståndet mellan idéns flyktighet och det som han faktiskt klarar av att skriva. Alberto behöver beskåda den eviga blandning som reflekteras i tusen speglar, allihop i samma storlek som hans okunnighet. Det är i detta spår han måste gräva – trots vetskapen om omöjligheten att med exakthet översätta det som sker. Nödvändigheten i att blotta allt är ett imperativ. Alberto känner hunger inför orden och gissar sig till meningar som aldrig kommer att få möta papper medan han går längs gatan och letar efter något att tänka på.

Det bästa Alberto har skrivit är det han aldrig har lyckats skriva.

131.

JAG OCH ALBERTO kommer ut från Cervantes på väg mot en nattklubb vid torget Lido där shoegazers, reklamare och dumhuvuden i allmänhet hänger med horor och transor för att det är coolt. När jag öppnar dörren ser jag Carmen upplyst av en spotlight. Vacker, vardaglig och vit som en staty. Trots ställets enträgna stank är jag förmögen att identifiera den söta och sura lukten mellan hennes ben. Den är där. Jag ska dränka denna överrumpling i baren, vadsomhelst med vodka.

Efter en klunk går allt från frenesi till slow motion. Stroboskopet blinkar, färgade ljusstrålar lämnar avtryck i den rökiga luften, danserskor håller sina armar i jämvikt, gestalter samtalar, dansgolvet vibrerar – allt genom en långsam kamera. Jag ser mig själv i en hollywoodfilm, dansgolvet har en enorm spegel som jag använder för att försöka kontrollera situationen, den är som en stor panel. Carmen står i baren med en handikappad äkta make, Carmen dansar med väggen, Carmen tittar reflexmässigt på mig, Alberto spelar luftgitarr och jag är någonstans utanför ramen.

Hennes entré med herr Rullstol var en vändning – genren är fortfarande definierbar. Jag försöker improvisera men jag är för berusad. Jag stöder mig mot baren och ser mig själv i spegeln, jag ser hur jag går fram till händelsernas centrum, med lätthet hälsar jag på maken, ex-maken, den andre, min före detta vän. Jag ser hur jag tar hennes arm, Carmen möter mig, ointresserad. Hon skulle föredra att jag inte var här. Det är som en kniv skär i luften mellan oss, gränsen är nära.

Uppdelad i två ser jag mig själv viska i hennes öra mitt på dansgolvet. På bänken vid baren, jag kan inte höra vad jag tänker, musiken trycker ner rösterna. Vi samtalar en stund. Jag ser på den handikappade, upptagen i ett annat samtal nästan bredvid mig. Kontrollen är skör och beror på mig. Jag försöker regissera den här scenen utan provtagningar.

En närbild – jag och Carmen på dansgolvet. Vi rör oss konstigt, det har jag uppfattat sedan baren. Jag kysser hennes hand. Man tjafsar inte, maken är bara några meter ifrån oss. Carmen ler skamset, läpparna på glänt, jag sätter en kamera på min axel för att bättre kunna fånga detta. Hon är lika förvirrad som jag. En kram och jag anstränger mig för att försöka förstå vad det är jag håller på med. Jag misslyckas. Kanske kommer jag att lyckas efter att ha sett filmen när den är färdig. Jag greppar Carmens lilla kropp med mina armar, hon bjuder inget som helst motstånd. Maken förstår att något är fel. Några sekunders tystnad mellan dem och jag fortsätter utan att veta vad jag håller på med, men allt jag bryr mig om är att filma, registrera – efteråt ska jag läsa på läpparna.

Jag sträcker på halsen för att bättre kunna urskilja scenen. Maken skjuter sakta sin rullstol framåt, människor vänder sig mot oss, jag har fortfarande tid att säga något innan rullen tar slut. Kameran fångar en av Carmens omöjliga blickar och från en annan kamera, en extern, mumlar jag kärleksförklaringar som inte låter sig mumlas sådär.

Jag ser hur jag tar med mig Carmens lilla kropp i mina armar, vi bryter oss fram mellan människorna och springer ut från nattklubben till torget Lido. Innan gubben hinner komma nära välter jag rullstolen, utan nåd. Jag sparkar honom i ansiktet – jag är en fegis. En liten bedövad publik följer oss några meter, men snart är jag ensam med Carmen. En lång sekvens håller oss sällskap från ovan och nu springer vi längs Nossa Senhora de Copacabana.

Under den klara natthimlen filmar kameran klockans markering av gryningen. Vi kliver på första bästa buss med en destination långt bort härifrån. Innan vi går förbi chauffören suger jag hårt på Carmens läppar. Våra ögon, tysta kumpaner. Carmen gråter och det är jag stolt över. Jag behöver en kvinna som gråter för mig.

En kamera filmar bussens flykt, den försvinner i hörnet vid Princesa Isabel.

Efter att ha svalt första klunken vodka i baren går jag på toaletten. När jag kommer tillbaka är Carmen inte kvar. Den kvällen, när jag snubblar hemåt, inser jag att jag inte gick fram och hälsade på henne.

137.

I PAUSERNA där samtalsämne saknas fixerar hon helt enkelt bara blicken vid mig. Carmen ser på mig som ett barn vid ett skyltfönster, utan motivering. Det är lönlöst att fråga eller svara.

Det finns vissa saker en man måste acceptera, som att arbeta, att slakna och att dö. Men det svåraste av allt är den feminina blicken. Att ifrågasätta kvinnan vad gäller den är frustrerande – speciellt när hon verkligen anstränger sig för att försöka förklara. Under lång tid försökte min rätlinjiga hjärna förstå, och jag förlorade många ögonblick med mina frågor, ett stort misstag. Det är den oförklarliga feminina blicken som skiljer en kvinna från någon med fitta.

Det hade kanske varit bättre att se på kvinnan med samma sorts passivitet som vi har inför de magiska sakerna i vårt dagliga liv, som regnet, teven och telefonen – anordningar som fungerar utmärkt utan att vi skrapar på ytan till vår förståelse.

CARMEN OCH ALBERTO

Carmen behöver köpa diskmedel. Att diska med kokostvål är passé, det gör inte ens Carmens farmor längre. Carmen behöver köpa ett sådant där milt diskmedel som inte skadar huden. De billiga diskmedlen som Alberto gillar att köpa förstör händerna. Men Alberto är förjävlig, han köper bara det billigaste diskmedlet som finns i hyllan. Och sedan, när Carmens händer blir torra, klagar Alberto. Alberto är förjävlig.

Carmen tänker på det mitt i arbetet, när hon kastar en blick på köket. Lägenheten är deras gemensamma utrymme, med stora fönster, den är nymålad. Alberto målade lägenheten. Det tog flera dagar. Alberto är trots allt en schyst kille, det skulle kunna vara mycket värre. Carmen har lidit mycket i männens händer. Men den här behandlar Carmen med ömhet, han gillar att hjälpa till hemma och när hon inte mår bra går han till videobutiken och väljer en film, en sådan där som hon gillar, känslosam. Alberto föredrar actionfilmer med droger, förföljelse och japaner. Det är underbart när de ser på film tillsammans, när de äter micropopcorn med luftkonditioneringen på till sent. Carmen kan vara hemma med Alberto i flera dagar, se på film och äta snask. Carmen älskar pizza. Alberto gillar juice och açai med granola. Carmen och Alberto bildar ett trevligt par att se på.

Kunden ber Carmen att sätta sig med ryggen vänd mot Alberto. Han sitter på sängen med fötterna på golvet. Carmen sitter på huk, en inte särskilt praktisk position. Därifrån ser Carmen köket och tänker på diskmedlet. Alberto är förjävlig. Kunden sitter på knä på golvet och börjar slicka Carmen och Albertos hårda kuk som åker in och ut ur Carmen. Kunden slickar Albertos pung. Kunden vill att Carmen ska göra så att det går för Alberto så att han kan slicka sperma från Carmen, men hon är rätt trött på att jobba. Och Alberto dröjer med att komma. Alberto är förjävlig.

Kunden anlände i kostym, påtänd, han hade redan stånd, började ge order. Carmen avskyr den här typen. Alberto säger "vänta lite" och beordrar Carmen att ställa sig på alla fyra i sängen. Alberto penetrerar henne sakta och kunden lägger sig under henne med huvudet nära hennes fitta. Kunden säger åt Carmen att sänka höfterna lite så att han kan slicka hennes klitoris medan Alberto stoppar in kuken. Albertos kuk är stor. Klienten gillar det och onanerar. Det han vill är att Alberto kommer på Carmen och i hans mun. Kunden vill ha satsen. Carmen tycker att den här kunden är alldeles för pervers.

Akten är komplicerad men Alberto är tålmodig. Mycket mer än Carmen som för att effektivisera arbetet bestämmer sig för att hjälpa kunden på traven. Kunden tar bort Carmens hand från sin kuk. Han kommer på Carmen. Hon sänker huvudet för att se på kunden och tänker att han måste vara över femtio. Carmen och Alberto är tjugotvå år. Carmen tycker att den här kunden liknar hennes pappa lite grann. Medan hon rullar ihop sin kropp åt Alberto och slickas av kunden känner hon ingenting förutom den där tomheten och hon tittar på köket, tänker att hon behöver köpa diskmedel. Ett sådant där som inte torkar ut händerna. Alberto är förjävlig.

139.

PÅ DET snurrande podiet vrider de sig som ormar, avslöjar sina små hemligheter för hela rummet. Inuti varje kabin: en kassa, en rulle toapapper och en stol, allt som behövs för en snabbis. Jag trycker ansiktet mot glaset och skriker hest Carmens namn. Figurerna i de andra hytterna avbryter sina rörelser och försöker se in i min kabin men det rökfärgade glaset skyddar mig. Jag skriker, igen och högre: ”Hora!” Carmen står med ryggen mot men hon kan se mig. Hon stoppar in ena handens finger i rumpan och med andra handens långfinger visar hon vad jag bör göra av mitt liv. Hon fortsätter att utöva sin dans och orma sig. Kvinnorna snurrar som vore de på en karusell. Jag har aldrig åkt karusell.

Ett berusat försök, jag slår sönder drinkglaset mot kabinglaset. En stark ström av koncentrerad värme i munnen och strax kommer smaken av blod. Jag suger på min tunga och håller fast tänderna med handen. Genom sparkar vinner jag gatan, förlorar natten.

Carmen och Carmen fortsätter att snurra och snurra därinne med sina behåringar och sina bröstvårtor erigerade av luftkonditioneringen.

149.

JAG SVÄNGER vänster, den våta gatan luktar fisk – det är fredag idag. En *despacho* lyser upp mina steg med röda ljusstakar, kyckling och billigt vin. Jag byter trottoar, funderar på att låta prästen välsigna mig, *det är ingen idé, för vad, för vem?*, och snart visar sig Carmens insjunkna ögon. Hon är täckt av en solkig duk och är alldeles svart, drygt en meter mänsklighet med slanka ben och hes röst: "Om herrn betalar tio real tar jag ett foto."

Carmen går in i duschen, hon klär av sig. Jag samlar ihop trasorna och lägger dem i handfatet tillsammans med mina kläder. Jag sätter på vattnet i duschen, ställer in en tvål, den blir blöt. Den orena lukten börjar gömma sig bakom vattnet – varmt, immar speglarna. Carmen gillar värmen. Jag tar mod till mig för att tvätta hennes hår, en tjock massa av smuts och sand. Vattnet tar sig svart ner genom brunnen. Carmen ler, vit. Jag tar en tvättsvamp, tvålar in, skrubbar hennes magra kropp. Efteråt gör Carmen samma sak. Hon tvättar mig. Carmens utsläppta hår täcker min hand. Carmen böjer nacken bakåt, erbjuder mig sitt svalg. Jag suger på halsen, slickar huden. Carmen vrider sig, vänder mig ryggen. Jag tar tag i hennes axlar och kliver på. Carmen påminner om en liten skulptur i mörk marmor. Inuti är hon kall.

Jag betalar femtio och ger henne några rena kläder. Carmen går sin väg nynnande på en funklåt. När jag tar bort kläderna från handfatet kräks jag.

151.

LÅNGT HÅR, svart, starka drag. Jag spikar fast fötterna i jorden. Carmen har äntrat kategorin för eviga företeelser. Hon definierar saker hos mig. Hon upprepar sig alltid när hon förnimmer något, sötare för varje gång, kanske mindre intensiv, men aldrig distanserad. Carmen, Carmen, Carmen, Carmen och alla dessa påhittade namn, jag behöver bara titta åt sidan för att se er som följer mig, som söker mig, som suger mig eller som injicerar blod i skarpa drömmar som liknar en uteplats förskönad av skog eller utsöktheten hos en fransk skola. Jag träffar och genomlever er i cirklar, lämnar och återkommer nästan på samma plats, men på ett oväntat sätt som får mig att se mig själv och er med nya ögon, det gör mig lättad, lättar på trycket, får mig att flyga och att förlora rädslan, och jag tackar vet-inte-riktigt-vem för att ni alltid finns där, på en magisk lekplats, en plats jag alltid kan återkomma till, det spelar ingen roll var jag är. Jag ser er allihopa på en platå, ni samtalar, dricker och äter på en väldigt grön och platt gräsmatta, dagen gryr, jag vaknar till dvala, det är uppenbart, jag existerar i detta ändamål, ett tillägg till er. Ni definierar mig, ni vet vem jag är, ni ger mig kärlek, det finns inget självstyre, jag har ingen som helst makt. Jag bara finns där, i era konversationer och minnen, jag finns bara som något ni kommer att minnas vid något tillfälle, jag rättfärdigar mig själv endast på det här sättet, jag känner mig själv bara såhär.

Sökandet efter min reflex inuti era ögon representerar kaoset. Sedvanliga förälskelser varje vecka – jag är alltid beredd att lämna allt och förlora mig i spegeln. Jag öppnar alltid dörrar och skjuter upp allting till senare, förlorad mellan smutsiga lakan, färgat hår och en evighet av kvinnodofter. Förlorad mellan en oerhörd längtan efter att omfamna er alla och en oerhörd rädsla att mista allt detta som nästan är mitt.

157.

DAGARNA EFTER är ett helvete. Precis framför fönstret, en våning ovanför: balettlektioner för barn. Bakfull vaknar jag av det fladdrande ljudet från ett piano som spelas av en gammal tant vars blick fastnat i 40-talet. Gardinerna är inte tillräckliga, jag bor på näst högsta våningen och behöver en sovmask för att stänga ute solen. Jag kommer aldrig att köpa någon och jag vaknar alltid i etapper, mellan chocker. Efter att ha tvättat mig sväljer jag två värktabeltter med en öl. Ett varmt strykjärn balanserar på min panna.

På morgonen, om jag har tur, byter någon kvinna om vid ett fönster. Likt sidorna i en serietidning förökar sig fönstren via husets innergård. Flickor som klipper håret och längre ner ett barn som spelar tevespel. Två fönster senare, en man som pratar för sig själv och snortar kokain innan frun kommer hem för att mottas av sin dagliga dos av slag. Denna extra dos av verklighet gör bara min kamp för att hålla kvar de små ögonblicken av evighet med hjälp av alla dessa inkarnationer av Carmen ännu löjligare.

Den här eftermiddagen träffar jag inte Carmen. Hon tröttnar på att vänta på mig och bestämmer sig för att gå ut med sina väninnor – eller med Alberto.

167.

ETT NOGA förseglat kuvert, häftat, hoptejpat. Inuti något rektangulärt. Ljudet från duschen, Carmen har gått in – tjugo minuter, jag räknar. Darrande fingrar river upp kuvertet, häftklammer efter häftklammer. Inuti ett till kuvert, mindre. En inskription: VÄNLIGEN ÖPPNA EJ. Jag ser framför mig Carmens oroliga ansikte när hon skriver detta och jag känner ömkan – för vem vet jag inte. Bion fortsätter att vagga sin fullsatta publik, likgiltig, och jag blir spänd på det där sättet som just före en kontrollförlust. Jag släpper inte bildskärmen med blicken, jag vill ha handling. Jag tänker att jag ska ta mig ut därifrån men klarar inte av att resa mig.

Ett vanligt videoband. Ingen beskrivning, ingen förklaring. Jag har inte lång tid på mig innan Carmen kommer tillbaka och jag trycker på PLAY – det är allt jag kan göra. Videon är en reproduktion av biografen, gigantisk i rokoko, enorma trappor i marmor, spritflaskor, labyrinter, lutande stolar, Carmen är yngre, kort hår, lite smalare, skoluniform. Hon sitter i en hängmatta på terrassen i en lägenhet i Leme, hon vinkar till kameran och ler den där brutala och råa skönheten. Jag lägger märke till detaljerna i scenen och hennes kläder medan Carmen kommer närmare skärmen. Inget ljud.

Nu Carmen och hennes svarta hår, mittbena, filmat uppifrån. Hon lyfter på huvudet, ler, bilden öppnar sig. Ett par smutsiga gympaskor, vit t-shirt, jeans, Carmen öppnar långsamt gylfen. Hon står på knä på ett golv i grå marmor. Hon drar ner byxorna mot kameran, bilden stängs med en inzoomning, hon griper tag i en slak kuk. Bion skakar. Hon suger och slickar med hungern hos ett gatubarn. Medan hon smeker kulorna med ena handen använder hon den andra till att placera köttstycket i sin öppna mun, tungan hänger utanför. Carmen rör huvudet fram och tillbaka, på sättet som jag skulle suga en kuk om jag sög kukar. Objektet försvinner in i hennes mun.

Bilden blir skakigare och inzoomningen är större. Jag ser bara Carmens krökta näsa och hennes tjocka ögonbryn. Droppar med sperma täcker hennes ansikte. Carmen ler och ber om en handduk – jag kan läsa på läpparna. Filmen tar slut, någon gammal inspelning vilkensomhelst tar över. I slutet av korridoren slutar vattnet från duschen att falla och bilden från filmen förvrids sakta. Hugg i magen får min karaktärs kropp att våndas, jag kan inte resa mig. På bion känner jag samma sak som min skådespelare på skärmen, jag är tillsammans med honom, kontakten med tårarna när de faller mot ansiktet. Smärtan når en punkt och förvandlas till en total domning, gränslös. På samma gång som jag inte kan fixera blicken eller tanken vid något känner jag mig upplyst – spasmerna från smärtan håller mina ögon vidgade, jag kramar mig själv medan bilderna passerar framför mina ögon som på en evig och miserabel videofilm. Jag vill stjäla Carmens förflutna, radera hennes minnen.

Jag knackar på en dörr och går ner för de skeva trapporna tills jag kommer till gatuplanet. Jag springer utan mål genom labyrinten som skapas av min varvning, jag försöker undvika spyan som ber om tillträde. Jag klarar det inte: jag tvättar gatan med min stolthet – den faller i skurar medan människorna vänder bort sina blickar. Bilden på bioskärmen får mig att skämmas, men publiken fortsätter att vara likgiltig. Likt en utlösning har kräkningen gjort mig kryare och jag lyfter på huvudet. Jag tvättar bort resten av maten med min skjorta och går in på en bar. Jag behöver något att dricka, alltid. Jag kliver på första bästa buss.

173.

DE KORTA melodierna stiger ner och skär upp utan slut eller definierbar början, i intensiv stegring till rytmen av ett högt och allvarligt slagverk som delar upp luften och slår mot bröstet som en smocka. Ljudens otydliga repetitioner turas om att komponera ett mantra med krigisk puls som hypnotiserar publiken tills vi inte längre kan urskilja var det hela börjar och slutar. De rör sig osammanhängande – hundratals isolerade organismer, var och en i sin egen takt mot avancemangets förökning genom de gigantiska högtalarna.

Lutad mot fönsterkarmen på en av bions franska balkonger koncentrerar jag min blick på spegelkupolen som reflekterar små ljusstrålar över hela salen. Ljudet som multipliceras av kakelväggarna brusar och klyver luften likt ljusstrålarna som om de bägge förökades i vågor, cykler, små bitar av information som flyter och erövrar rymd mellan röken.

Jag känner en hand på min axel. Alberto är en

av de få vänskaper som jag gärna behåller, men det verkar omöjligt nu och det spelar ingen roll. Vi behåller ett hälsosamt avstånd, som observatörer av varandras liv.

”Jaa, grabben ...”

Tillsatsen har börjat få effekt och jag skulle vilja koncentrera mig på ljusen. Jag ser blickar som kräver svar och händer på bordet, men jag vet inte vad jag ska säga, och även om jag visste så skulle det inte göra någon skillnad. Jag vill kunna syna min egen skit och inte behöva rota i andras.

”Jag och hon har blivit beroende av att vara tillsammans. Vi ifrågasätter inte en sån sak.”

Jag ger ifrån mig värdelösa kommentarer till Albertos klagan och dricker av hans drink. Sakta, som någon som invaderar en främmande terräng, lägger jag beslag på glaset tills det helt och hållet är i min domän. Jag bestämmer mig för att göra konversationen till ett utbyte, mitt tålamod mot hans drink.

Om några minuter kommer Alberto att försöka kyssa mig. Det vet jag och ändå stannar jag vid hans sida, som i en dålig film.

179.

MEDAN JAG säger något tittar Carmen på mig i takspegeln. Den här gången är det jag som talar snabbt, rättfärdigar idé efter idé, infogar domar och absurda jämförelser medan jag smeker hennes kropp som jag just lämnat och fängslar min avkomma med knuten på en kondom. Alldeles nyss var jag där och kämpade för något inuti Carmen, som när man försöker fånga en krabba i leran. Problemet är att man aldrig vet vad det är man söker efter.

Carmen trycker sitt ansikte mot mitt bröst. Jag lägger handen i hennes krusiga hår, känner dess tyngd. Om jag hade varit vaken skulle jag ha märkt att hon inte sov under den korta natten. Hon lät timmarna passera genom att stryka sina fingertoppar över min nakna kropp, ritade saker som bara hon såg. På vägarna som hon uppfann med sina fingrar hittade Carmen något som fick henne att gråta.

Jag sov männens svarta och tomma sömn, och ytterligare en sanning om Carmen gick mig förbi.

181.

HIMLEN VAKNAR när jag går på trottoaren, jag tittar upp, väntar på signalen. Trosan flyger som en mås från nionde våningen och landar på den våta gatubrunnen. Under portvaktens slöa morgonblick tar jag upp tygstycket, vitt och spetsigt, för det mot ansiktet. Jag känner Carmens hjärta slå, som om det ekade i mitt eget bröst.

Två mynt till portvakten och jag åker upp till takterrassen i byggnaden mitt emot, havsutsikt. Carmen drar isär gardinerna, jag ser enkelsängen, kylskåpet, tevens antenner. Vänd mot mig stöder sig Carmen mot balkongen och särar på de fuktiga låren. Hon vrider ansiktet hitåt, men hon ser mig inte i ögonen. Jag ställer flaskan mot väggen, i knähöjd. Jag tar en klunk. Det är fortfarande tidigt, grannarna sover bakom stängda fönster. När solen börjar värma upp takterrassens plattor tar jag av mig tröjan och byter ställning för att kunna se bättre.

Händerna kramar Carmens midja, rör sig upp

till hennes bröst, lyfter på kjolen, blottar hennes bruna hud, invaderar noggrant mitt område. Carmen vänder ryggen åt mig, snärjer Alberto med knäna och andas tungt. Jag kan känna luften som Carmen drar ner i sitt bröst ta sig upp ur mitt – den är en och samma. Jag känner beröringen från Alberto som vore det min egen hud.

Carmen böjer axlarna mot tomheten medan vattnet börjar ta sig upp på trottoaren. Det är översvämning och vågorna exploderar på stranden. Strax slukar de strandremsan, övervinner trottoaren, gatan och foajéerna. Vattenmassan når bilarna och bildar en tjock och mäktig flod på gatan. Varje ny våg får marken av vatten att gunga och stiga, suga upp byggnaderna i ett ständigt ökande tempo. Jag tittar ner, vattnet når andra våningen. Bilarna flyter och slår mot byggnadernas fasader, invaderar fönster till ljudet av små explosioner som får vattnet att tremulera och skumma alltmer. Ljudet från tsunamin absorberar allt annat och snart hörs inga fler skrik, påslagna teveapparater, motorer eller bromsar, den där allvarliga tonen som hela tiden tar sig upp ur marken och lägger beslag på gryningarna tystnar. Jag hör bara det kalla vattnets bubbel dansa mot betongen, fylla alla hål och utgångar, begrava varenda lägenhet, tvätta varenda liten bit av torget Lido, avlägsna väggarnas mögel, riskera varenda möjlighet, eliminerar dammet från golven. Vattnet dundrar genom avloppen och tar med sig smutsvattnet upp och jag kan se massan av förorening stiga i raka kolonner, jag kan se avfallet från alla stängda fönster stiga som pilar till vattnets yta som sväljer och rör ihop varenda en av oss till en unik och kompakt massa, en hårdblandning av kött och skit, stål och betong, jord och vatten.

Carmen ramlar ut genom fönstret. Hennes kropp smulas sönder av vattnets kraft, mina rester dränks i blod. De försvinner. Alberto ser förvånat på mig men hans ögon säger mig ingenting, de är vita – jag har stulit hans blick.

191.

JAG VAKNAR i chock och letar efter Alberto, som om han kunde bekräfta att synen bara varit ett smaklöst delirium. Jag går på toaletten för att tvätta ansiktet och när jag kommer ut frågar Carmen:

”Allt bra?”

Ja. Jag betalar det nödvändiga, tar av mig morgonrocken och inom några minuter flyter jag återigen förbi fönstren på Avenida Atlântica i sällskap med Carmen som har sagt att hon är tjugo år. Men hon är nog sjutton.

Solnedgången nästlar sig in sig över Leme och himlen är uppklippt i rosa fläckar som liknar Carmens läppar, i en amfetamin- och alkoholtrans talar Carmen utan uppehåll om sitt liv, hur hon kom in i yrket, beroendet av de små medicinerna och lägenheten i vilken hon bor tillsammans med tre väninnor, stor, bekväm och bara ett kvarter från stranden: ”På Djalma Ulrich!” Carmen går in i ett galet raseri och ber om kokain, mer öl – vi stannar vid en kiosk för att handla. Jag låter mig ledas av flickans spontanitet, hon tar mig i handen som ett barn som tar med sin pappa in i en leksaksaffär.

”Solen går upp, va? Titta, där kan man se månen och på andra sidan är solen redan uppe.”

Hon sjunger högt och virvlar runt på trottoaren, snubblar på de portugisiska stenarna tills hennes klack, hon bestämmer sig för att gå barfota. Hon drar ner mig i sanden, slickar min mun, babblar på:

”Du är bra för mig. Vad heter du?”

Välj du.

193.

JAG TAR med mig Carmen hem och vi går in i duschen. Hon tvålar in mig, suger mig utan engagemang och ber att få sova. Hon torkar sig och faller ner på sängen. Jag låter mig falla bredvid henne, redan utan hopp om att få ligga. Utan att tänka efter öppnar jag hennes stjärt med fingrarna och spottar. Carmen är redan i en annan dimension. Saliven rinner ner på lakanet, jag ångrar att jag spottade. Jag torkar med lakanet och täcker över Carmens kropp.

Jag tar en klunk av vadsomhelst och strax drömmer jag om Carmen och vårt första möte i foajén på en bio. Scenerna repeterar sig, de flyger förbi som i en déjà-vu, snabba blickar, leendet med blänkande tänder, sneda ögon, Carmens bruna hud – blandningen av indianskt, svart och italienskt som gjorde henne så unik.

Har du någonsin stannat upp och funderat på vad du är kapabel att göra med en medvetslös kvinna?

197.

VÄGGEN SNURRAR runt visarna som äntligen pekar mot golvet. Folket lämnar byrån, svänger i den stora karuselldörren medan pengarna äntrar valvet och kassörerna låser in sedlar med smutsiga händer, impregnerade av pengarna. Kassörerna känner inte längre lukten eller smaken av mat, de stackarna känner bara lukten av pengar, deras fingertoppars indrypta hud, pengarna som de aldrig kommer att få, som dagligen passerar framför deras ögon, filmade av andra ögon, mekaniska, evigt vakande och misstänksamma.

Carmen lämnar sitt bord. Ett foto fastklistrat på datorskärmen och en vas med blommor som jag ännu inte gett. Hon går över bankens vita marmorgolv. Hon är en drottning som lever tillsammans med ett gäng idioter som räknar och luktar på sedlar, efteråt dricker de öl i Cinelândia. Jag önskar att jag hade pengar så jag kunde få bort Carmen härifrån, men det har jag inte. Och medan Carmen beblandar sig med dessa människor som luktar pengar, beblandar jag mig med journalistmänniskorna som tror att de är begåvade. En bankman stryker henne över håret, stoppar in handen innanför Carmens trosor. Han tvättar inte bort pengarna från sin hand. Han stoppar in sitt pengafinger i Carmen.

Gatan är full av bilar och människor som kämpar för att ta sig hem, se på teve man hinner fortfarande få tag på tidningen innan man går och lägger sig. Ute på trottoaren släpper Carmen ut sitt hår, hon undviker gatans smuts, trampar på varje sten som om hon befann sig i en grön trädgård upplyst av solen, men det är redan kväll och staden är oren, dyster.

Carmen kommer fram till trapporna som leder till tunnelbanan, hon sätter sig på en bänk. Hon observerar upprymdheten på busshållplatsen, människor försöker stanna bussen, stadens uteliggare lutar sig mot generaler i brons som nedbajsade av duvor pekar på det förflutna hos torgets neoklassicistiska byggnader och gamla biografer, idag ombyggda till kyrkor, konst som blivit till tom tro, elegans nedhissad och bespottad av Cinelândias böghoror. Carmen observerar allt detta utan någon särskild åsikt eller dom, inte heller tänker hon på idiotin jag skriver ner på dessa linjer, hon observerar bara och jag hoppas, eftersom jag bryr mig om henne, att hon tänker på mig ibland, att hon saknar mig. En blandning av ängslan och ömhet, en påtvingad likgiltighet, ett simulerat förakt mot mitt döda huvud, ett förakt som lik förbannat känner, nedsövt, men dock: kärlek.

Plötsligt byts uttrycket ut och hon rätar på ryggen. Hon ställer ner väskan på marken bredvid skorna. Hon börjar röra på kroppen. Munnen på glänt. Smutsig av pengar. Carmen separerar sig från sig själv, precis som hon väljer att separera sig från mig. Skuldrornas kommande och gående ökar i intensitet, skär i luften, mekaniskt, de förlorar sig på torget. Natten faller mot duvorna. Någon tittar och slår strax ner blicken. En filé av saliv droppar ner på marken. Carmens naglar blodar ner hennes ögon och människorna i slips och kjol kommer inte att stanna för att titta.

Där jag står: ett kvävt skrik, nertystad smärta.

ALBERTO OCH CARMEN

Jag vet inte hur jag ska säga det här till dig. Du kanske inte kommer att ta det så bra. Hata mig inte, det hela är mycket enkelt: Jag vill be dig att inte knacka på hemma hos mig något mer. Inte utan att säga till först. Det är en enrummare, det går inte att dölja något. Det finns ingenstans att fly. Du öppnar dörren et voilà, det är över. Det finns inget mer att se. Du kan hitta vadsomhelst, inte ens jag vet. Som om det inte kunde bli värre ligger hålet mitt i stadens koncentrerade libido där freonerna formar ett tjockt moln om natten, en dimma av horeri i luften. Lido, Carmen.

Åh, jag har så många historier att berätta för dig, men du kommer inte att vilja höra någon av dem.

Jag skulle så gärna vilja berätta för dig. Berätta hur de öppnade sina ben. Och berätta för dig hur ingenting var svårt. Det är bara en fråga om att öppna eller stänga – dörrar eller ben. Jag skulle vilja berätta för dig hur jag på fyllan träffade det där tonårsparet. Berätta hur trios, duos och kvartetter kom till sängen som gick sönder mot golvet. Och berätta hur jag vaknade på morgonen och mindes alla mina drömmar med klarhet, jag sprang till ett tangentbord som detta och skrev ner allt med sömnig blick.

Jag skulle gärna vilja berätta för dig om den där gången då jag kom hem yr och viskade genom fönstret och nästan föll ner på innergården. Berätta hur jag sov med öppen dörr och väcktes av andedräkten från den gamla grannfrun över mig. Och när jag vaknade med en trosa i ansiktet och inte kunde minnas vems det var, min älskling, eller hur den doftade. Berätta om dagarna då jag stängde dörren och levde i tystnad, drack och tänkte i flera veckor, utan kontakt med någon.

Och berätta för dig att du är min kontakt med verkligheten, om den finns måste den vara du. Berätta att utan dig tappar jag bort mig, och det finns inget i världen som kan beröra mig lika mycket. Jag skulle vilja berätta för dig hur jag ibland kommer på mig själv med att gråta för att jag inte tror att du kan finnas. Och många gånger tror jag inte att det vi känner för varandra kan finnas. Men det finns, och det fyller mig med glädje och jag måste fira, med eller utan dig. Jag skulle vilja att du lyssnade så att jag kunde berätta för dig, min älskling.

Jag hamnar i ett tillstånd av triumf när jag tänker på dig, och jag finns alltid i dig. Och att tänka på dig kan inte få mig att må dåligt. Jag har aldrig känt mig smutsig. Jag har rört mig i den här stadens källare bland de mest absurda karaktärer, jag har gått in i hörn, gränder, gått ner för trånga trappor under jorden, klivit barfota i lortiga pölar, men jag har aldrig, aldrig känt mig smutsig eftersom jag varit med dig, på ett eller annat sätt. Som om du vore något slags andeväsen. Och jag som aldrig trott på sån skit, Carmen.

Du följer mig, det vet jag. Och på ett eller annat sätt slutar det med att du känner allt. Det ligger i luften, min älskling, och du fångar det. Du behöver inte vara orolig. Ingen kvinna har knullat mig som du. Och du har aldrig knullat mig som någon av dem. Men det spelar ingen roll Carmen. Det spelade aldrig någon roll.

Inser du att den enda verkligt existerande kategori av otrohet är den man begår mot sig själv? I slutändan måste jag bara vara trogen en enda person. Jag måste vara ärlig mot mig själv – jag kan inte fortsätta att gömma mig. Jag vill inte fortsätta att byta samtalsämne och dribbla tankar, ingen mår bättre av det. Jag kan inte fortsätta att sabotera mig själv. Det finns ingen som kan tvinga mig att vara ärlig, det kommer det aldrig att finnas. Jag ska inte vara rädd för att låta mina tankar nå höjden av mitt medvetande. Jag vill gå bortom, jag vill gå tills det inte går längre och om du vill ge mig handen och släppa rädslan så finns jag här, kommer alltid att finnas här, Carmen.

199.

ALBERTO VAKNAR tidigt, dricker kaffet som Carmen serverar honom. Han gör några anteckningar i ett block – lutar pennans spets mot pappret, ser på när bläcket lösgör sig mot de blå linjerna, han känner in bläckpennans rörelse med exklusiv njutning. Varje dag tar Alberto emot tidningarna genom den gamla lägenhetens dörr, han vaknar innan han fått dem och ringer portvakten, frågar om de har kommit. Han betalar en liten slant för att portvakten ska komma upp med tidningarna. Han tar emot dem och kastar anteckningen på tröskeln.

Nattsömnen blir allt kortare.

Sittande i sin fåtölj hör han ljudet från Carmens tevetittande eka i korridoren och han skriker, beordrar henne att stänga av, stänga dörren. Den enorma lägenheten är nästan tom. Alberto har bara kvar det nödvändiga, resten gjorde han sig av med. Alberto har dock behållit böckerna som han publicerat, de första utgåvorna, originalen, urklipp. Vad gäller telefonen har han stängt av ljudet. När Carmen dog brände han fotona. Den enda apparat som fungerar är skivspelaren. Jazzskivor som Alberto lyssnar på dagarna i ända. Han beställer dem från en katalog. Carmen går och handlar dem i affären på Barata Ribeiro, där de som var Albertos vänner träffas och dricker. De talar om Alberto, men hans frånvaro har blivit så stor att den slutat att uppta plats – den har blivit till ett tomt minne, som de där breven man sparar med sårad stolthet mellan sidorna i en bok.

Alberto upplever livet och decennierna som bortkastade. Ett stort och rungande ingenting. Varför föddes vi? Han skäms över sin produktion, hans samtida, en generation av inkompetent ofruktbarhet, denna idiotiska ungdom som också Alberto är ansvarig för. Alberto saknar Carmen och det är det som gör mest ont, men det vill Alberto inte erkänna, det är ännu en sanning som generar honom. Ingenting som Alberto har skrivit om Carmen är värt en sekund av någons liv. Alberto inser att han levt sitt liv i ett försök att uttrycka en ren känsla, fri från referenser, men han har bara lyckats ge ifrån sig värdelösa idéer, tomma, cirkulerande tankar. Överflödiga tankar som tilltalar några få, vilket bara ökar förnedringen. Räddningen flyr honom som månen försvinner ur ett barns hand, han bildar ett skal med sina händer, kramar det ouppnåeliga. Framgången, skickad i soporna, följer sina döda.

På natten bränner Alberto anteckningarna. De leder ingen vart. De kommer aldrig att leda någon vart.

211.

CARMEN VÄLJER Alberto och så döps jag. Hon ropar mitt namn, skrattar, kramar mina skuldror, dreglar öl, hennes svarta klänning faller över axlarna. Hon bestämmer sig för att ta ett dopp i havet. Jag sätter mig i sanden. Måsar dyker i vågorna medan jag glömmer allt, jag klarar bara att tänka på små och avlägsna saker, i korta fraser eller med enkla ord, som ”sandkorn” och ”klipporna i havet”. Carmen försvinner ur min åsyn och ur mina tankar. När havet reser sig tar det med henne upp, hon ler, höjer sina armar, leker med vågorna som bär henne. Ingen är i närheten. Den tysta stranden och byggnaderna, stora mållösa vittnesmål, orörligt betraktar de den gigantiska scenens botten som tecknas av horisonten. Carmen förlorar sig mer och mer i havet som sväljer henne medan det spottar ut skum ur munnen på scenen i den tomma teatern.

Ingen håller Carmen sällskap när hon dränks i vågorna under morgonens färska ljus. Ingen bryr sig om Carmen. Det salta vattnet börjar ta sig in i hennes mun. Kanske har Alberto brytt sig en gång i tiden. Carmen är nästan där, hon kämpar inte emot havet längre. Kanske.

Medan natten bleknar i Copacabana överväger jag helt enkelt att låta henne dö.

223.

BARNEN LEKER vid villan, de tävlar med rostiga cyklar. Jag slinker förbi deras cirklar till tröskeln där jag tystar hennes mun med en kyss och mellan slagen stänger jag dörren under grannskapets tysta blick. Det är sen eftermiddag, jag kommer från jobbet. Carmen har starka nävar och hon drämmer till mig med stängd hand. Jag banar mig en väg genom vardagsrummet, jag bär henne mellan knytnävsslagen. Jag vill ta mig upp till sovrummet, men Carmen stoppar oss i trappan. Jag tar tag i hennes arm, lyfter på nattlinnet och några steg längre ner trycker jag mitt ansikte mot hennes stjärt. Jag avlägsnar trosan med den andra handen. Medan jag slickar försöker hon skrika. Det slutar med att hon tjuter.

”Alberto kan komma.”

Hon lugnar sig snabbt mellan spasmer och krumbukter. Jag erbjuder henne min kropp som hon går lös på med religiös hängivenhet. Carmen ber en vacker bön. Hon tar sig upp, ner, suger, slickar min ljumske och återgår sedan till att anklaga mig.

Vi möts i en lång kyss, utbyter dofter och smaker. Jag stoppar in två, tre fingrar. Carmen trycker fast mig som en handboja. Jag har tufsar av svart hår i händerna – Carmen reagerar inte på mina ryckningar. Hon kommer, kippar efter andan, reser sig och ber: "Ta mig."

Jag står upp, tar tag i midjan och anfaller hennes generösa kropp. Carmen är trött och jag kan inte komma. Mitt kön blir okänsligt, orörligt, hårt och polerat som marmor. Jag går till köket för att hämta vatten.

"Jag skulle vilja veta varför du torterar mig", säger hon med sin lilla röst.

227.

JAG MÖTER Carmen som flanerar i svart på trottoaren under den starka solen och jag för hennes smala midja till bordet på restaurangen med utsikt över stranden, inrättad i fortet vid *Posto Seis*. Jag beställer två varma drycker. Sminket flödar över hennes ansikte, en mörk gråt. Vi sitter tysta i väntan på en lättnad och vinden kommer, den blåser ut stumhet. Vi ser på varandra och bekänner utan brådska. Carmen reser sig, går på toaletten. Hon kommer tillbaka och sitter tyst framför mig. Bordets halvmeter gömmer kilometer av falska bilder, fördubblade och reflekterade i sig själva.

En soldat slår på en tamburin, vi öppnar munnarna. Våra röster möts, som två hundar som bråkar om mat. Orden träffar varandra, de cirkulerar kring samma tema, de tittar på samma figur ur olika vinklar, överanstränger benen, dansar misstroget genom Copacabanas luft, de misstar sig. Carmen är svår.

Vi är inte ämnade för varandra. Sedan jag flydde

slickar Carmen mina tuggben med blicken.

Jag inväntar en paus. Jag öppnar skjortans knappar en efter en. Jag rycker bort huden från mitt bröst med naglarna, använder kniv och gaffel för att slakta mitt hjärta mellan revbenen, blodet spills ut över bordet, stänker på Carmens oberörda och spända ansikte fullt med finnar, den mörka gråten. Hennes ögon blir klarare i och med ljuset från stranden, de ser in i mina. Jag gör alltihop utan att vika undan med blicken. Carmens svarta hår är nu klätt med blod som flödar till hennes mun, strömmar i nacken och över de släta och vita axlarna. Jag tar tag i hennes haka och vi kysser varann. Carmen reser sig och hjälper mig att öppna vävnaden på min överkropp, hon kramar mig inifrån huden – hennes små fingrar glider längs mina kotor, det hårda bröstet klär mina skenbara revben. Hennes doft är nu mitt blod. Med darrande händer ger jag ifrån mig den röda köttbiten, jag slänger den på tallriken.

Jag kallar Carmen för ovärdig och med en löjeväckande ångest säger jag:

”Ät.”

Stentrappan bär det röda till havet. Jag ber servitören om notan – Carmen ska betala.

229.

PÅ MORGONEN väcks jag av telefonen. Bedövad uppfinner jag en ursäkt vilken som helst. Efter alla dessa år – samma undanflykter. Carmen verkar under solen. Jag sover.

Hon tar hand om mig som vore jag hennes efterblivne son: hon klipper mina naglar, snyter mig och förlåter mitt avloppsvatten – allt som jag glömmer eller är för lat för att göra. Hon kommer ihåg mina åtaganden, tidpunkterna, hon väcker mig, organiserar, hon är det enda som liknar en rutin i mitt liv. Att leva utan Carmen blir omöjligt efter några månader. Denna vår outtröttliga förmåga att roa oss, våra smeknamn och barnsliga lekar, jag kittlar henne och klämmer på henne som en bebis. Jag smiskar henne med handflatan och leken slutar med röda märken och fläckar i sängen. Njutningen i att se Carmen vakna med gryningsljuset över hennes tjocka ben ovanpå mig. Inget behov av ämne eller anledning. Det är bara att se på varandra – vår telepatiska kärlek, Carmen. Det går dagar utan att vi träffas, vi behöver bara tänka. Och jag ser ditt härdade ansikte i min pupill och i alla andra ansikten, i de få vännernas, i flickornas på gatan och i spegeln varje morgon.

Plötsligt talar alla med din röst Carmen, och jag svarar, jag har alltid svarat.

233.

INNAN JAG ställer till med en katastrof med horan och svenskarna ber Alberto om vår nota och vi går. Klockan är redan fyra men jag har inte en tanke på att sova, jag måste hålla igång, jag måste vinna över natten, det är en evig kamp. På gatan ser jag uteliggarna och jag avundas dem. Utan ett enda privilegium eller förutbestämt öde lever de i sin egen tid där de slipper hypoteser och osäkerhet, de slipper den där alldeles för långa och spända intervallen mellan ett beslut och en smäll på käften. Bara en rak linje genom tiden, och jag föreställer mig hur det skulle vara att kliva på deras flygande matta och drömma om verklighetens hastighet, varken mer eller mindre. Jag vill ha fullständig tillit till mina mest absurda tankar och ingenting ska vara omöjligt – om jag inte vill det.

De här människorna befattar sig inte med någon, de byter lidandet mot en nästan fullständig frånvaro av förtryck. Frånvaron av stolthet gör dem starkare – de skrattar åt polisen, bajsar på hånet och driver med föraktet. De ger tillbaka världen dess tillmälen i dubbel dos.

Eftersom Albertos langare har försvunnit runt hörnet för alltid köper jag några burkar öl på en bar. Vi dricker fort innan vi går in på en klubb. Den ointagliga bilden av en kreolska för hundra dollar har hetsat upp mig till en punkt utan återvändo – det är lönlöst att argumentera med det egna könsorganet. Efter att ha tagit oss igenom en lång korridor i en kommersiell byggnad vilkensomhelst går vi upp två våningar tills vi kommer till en glasdörr. En tjock gammal dam väntar med två nycklar.

”Vad har du för storlek?”

239.

ÄTER DÅLIGT och sover för lite, jag ser svag ut. Men hungern håller mig alert, musklerna är stela, på helspänn, de kan se långt. Där hemma håller jag mig fast i väggarna, en patetisk och sorglig förstörare av den mänskliga arten, egot flödar mellan fingrarna. Jag skriver löjliga saker om bristen på metod att undersöka universum ur olika konkaviteter, bredder och djup i torra och fuktiga hål, perineum i olika strukturer, mer eller mindre köttiga läppar i konstiga färger, varierande skakningar, beslöjade blickar och leenden. Jag minns långa skrik, ylningar som lät som tikars, dansande skåror och beslag som tidigare verkade omöjliga. Kvinnor med utlösningar tjocka som fett som droppar och fläckar lakanet. Hår som faller, kön i alla färger och storlekar: blonda, röda, svarta och rakade. Som en galen tonåring besatt av kemiska experiment föreställer jag mig min lägenhet som ett förvar av feminint biologiskt material, en encyklopedi under konstruktion.

Det behöver inte vara motsägelsefullt. Jag älskar när de ler med stängda munnar, justerade tänder, hur de rättar till tonen på sina stämmor när de vill provocera mig, hur var och en av dem egensinnigt betonar orden och flätar ihop sina idéer. Sättet deras hår faller på mig när de suger mig. Ställningarna när de sätter sig i mitt knä och får olika sorters orgasmer, rörelserna och vägarna genom deras kroppar. Jag älskar hur de doftar, deras familjer, historier, ex-pojkvänner – till och med makarna. Vi tar en öl nån dag era jävlar, så pratar vi igenom allt. Historier och referenser och detaljer som bara två personer i den här världen kan förstå. Och om vi fortsatte att vara tillsammans, skulle vi allihopa dela historier till slut?

Sängen fängslar mig. Det är svårt att frigöra sig från den här parallella verkligheten, men valen som en människa gör eller inte gör, till och med före sin födsel, har ett pris.

241.

JAG SPRINGER till havet, bråkar med det och tar tag i Carmens skadade arm. Med svårighet drar jag hennes kropp mot stranden. Hon hostar, spottar vatten, och efter att ha rest sig ber hon mig om en till öl, den dumbommen. Jag har slut på pengar. Vi går blöta mot asfalten som två överlevare. Jag låter Carmen gå framför mig – jag vill se min belöning. Hon har smal midja och tjock rumpa som sannolikt är härlig på alla fyra. Blyga bröst, magen en tomhet och håret blonderat med svarta rötter.

”Alberto.”

”Vad?” svarar jag.

Och hon, inget mer.

251.

KLOCKAN SLÅR elva, det är början på en lång natt. Det mörka sovrummets enda ljuskälla slår mot väggarna i ett underligt blått. En skärm står i fönstret. Jag öppnar gardinerna och ser många andra fönster, byggnaderna mitt emot, ljuden från gatan som lågmält når mig, maresians starka doft och bakom Lidos dimma, havet som delar världen i två. Jag läser om, redigerar, och när jag kommer till sidan 130 börjar arbetet att bli ansträngande. Jag har inte ätit på tio timmar men jag känner ingen hunger. Tabletten slår till om femton, tjugo minuter. Mitt huvud är tungt. Jag höjer ljudet. Snart kommer orden som talar till mig att eka i en annan dimension. De skriker. Musiken sänks, jag höjer igen. Jag blir tillfälligt immun. Jag kan gå längre än det som väntas. De värsta vålnaderna som finns är ens egna. Att skriva är ett sätt att handskas med det och jag vet inte om Carmen kommer att förstå.

Jag klarar inte längre att skydda mig. Faktum är att Alberto föddes på samma dag som jag och att han jagar mig. Outtröttligt. Han dyker upp överallt, fyllnar till, byter mina fötter mot sina händer. Han stör mig i ett par dagar, sedan försvinner han. Kommer tillbaka smutsig som en hund från gatan, ber om mat. Han sätter sig här och skriver ner några ömkliga meningar. Han stökar till. Jag kommer hem från jobbet och måste till råga på allt stå ut med honom. Men först och främst ska jag hålla auktion. Jag vet folk som vill köpa – de finns de som betalar bra. Trots det sänker jag priset.

Nu är jag inglasad, jag får distans till mina känslor. Groggy ser jag mig själv på avstånd. En bestialisk optimism börjar ta över allt. Den är falsk, men jag utnyttjar den. På samma gång blir koncentrationen allt knappare – jag kommer på mig själv med att sitta och glo in i skärmen eller i ett tomt fönster. När jag vaknar och möter min egen blick blir texten vackrare, elegantare, mer flytande. Jag somnar, och för några ögonblick glömmer jag bort att tävla mot världen. Medan huvudet blir tyngre och munnen torrare inges ett visst hopp. Jag kan skriva allt detta igen om det blir nödvändigt. Jag gör om allt. Det är inte falskt eller plastigt, jag är täckt av pansar.

På lakanet, bitar av hud. Jag sätter mig på sängkanten, hjälper min kropp att skyla sig, den blir allt känsligare för vassa naglar. Snart ska jag överlåta mig. Överlåta dessa lösa bitar till de mest otippade platser. Några duger att fylla papperet med, de blir till ord. Andra flyger omkring. De hamnar i en kvinnas hår.

Och jag är alltmer utblottad, kall.

Alberto höjer glaset: ”Tyst nu. Det är bara jakt.”

257.

CARMEN SLÄPPER min hand.

När jag tittar upp är hennes arm borta. Utan dess stöd tappar jag balansen, mina ben kämpar tills jag ger upp – jag faller ner på marken. Carmen hjälper mig att ge sakerna betydelse, allt som jag kan och inte kan se, månen som följer mig, havet som drar i min kropp, reklamskyltar som jag inte kan läsa och jag hittar på betydelser bara för att få dig att skratta, Carmen. Du är den enda tolk jag har. Och nu när du ska försvinna måste jag lära om allt från noll. Jag måste uppfinna ett nytt språk eftersom allt jag hittills sagt har varit kopplat till Carmen. Du finns i varje bokstav och varje mening jag känner till, i varje stycke prosa, bakom varje fönster och framför allt öppnar sig din kropp för att jag ska kunna se, känna och förstå världen, som om du vore ett tjockt filter genom vilket jag måste passera. Du lägger dig i, du involverar mig, du är min andra hud.

Jag kan inte se att jag en dag ska klara mig utan

dig. Jag försöker begrava Carmen, jag misslyckas. Jag bränner dina kläder, din vita blus som hänger i garderoben, lådorna fulla med trosor, hårspännena på nattygsbordet, dina två skor på sängkanten ser på mig som två grodor vid kanten av en ändlös väg utan stoppskyltar, klämmer sig fast i mitt bröst, stjäl min sömn, Carmen. Dina saker är minnen av allt som du lät ske, som inte kommer att ske. I mig har du alltid väckt det bästa jag har att ge, ett mål, ett syfte. Men jag ger upp. Jag kan inte bättra mig. När jag hör din röst i telefonen, den fina stämman, dina betoningar, det unika sättet att artikulera orden, rösten som gett mig så mycket frid att jag behövde höra den dagligen, en välsignelse som om gud talade med mig, nu smeker denna röst samtidigt som den skadar, får mina öron att blöda. Den enda religion jag haft var du, Carmen. Att förlora dig gör mig till en bitter agnostiker – mer planlös och berusad än någonsin.

Jag försöker begrava dig, jag misslyckas. Dina fingrar tar sig upp genom den våta marken, dina skuldror krymper, de rör sig ofrivilligt mellan spasmer. Jag ser ditt ansikte i husets alla speglar, och din kropps närvaro är fortfarande tung. Jag öppnar ett hål i kistan, gräver djupt för att kasta mer jord på ditt långa hår, på din hud som fortfarande är varm och mjuk, jag slår på jorden med en spade för att försäkra mig om att du inte ska ta dig upp. Till och med död är du varm, Carmen. Jag lyckas inte få dig att dö inuti mig. Jag vet att du är här i sovrummet, trots att du inte är här.

Jag vet inte längre vad som är dröm i den här underliga verkligheten utan din röst som läser undertexterna, utan framtiden som slutat existera. Det är en själlös överlevnad. Jag försöker begrava dig, jag misslyckas och begraver mig i ditt ställe. Och jag ser dig där uppe med utsträckt hand, de smala långa fingrarna som söker min beröring. Men jag klarar inte att ta mig tillbaka till jorden och lyfta på armen. Jag klarar inte att återvända till verkligheten. Jag måste fly, men jag är förlorad i obegripligheten utan din hand som ledsagar mig till dig däruppe, ovanpå detta skikt av kall jord. Jag behöver din hjälp, men jag behöver din hjälp att be om hjälp. Jag är dränkt i mig själv, vattnet tar sig in i mitt bröst i cirklar, söndrar min lunga i spiraler, utvisar dig ur mig.

Med denna smak av jord i munnen klarar jag inte att slicka mina sår.

269.

EFTERMIDDAGSSOLEN tar sig in genom fönstret, lägenheten är ett kaos av sand, skor och kläder slängda på golvet. Carmen sover fortfarande fastklängd vid mig. Två desperata människor möts, dör nästan och det slutar med att de kramas i en het och pytteliten lägenhet, fastnålade i en punkt i den grova väven, färgerna är blandade med en pensel som ingen håller i. Carmen säger att vi alla är villkorslöst viktiga för varandra, hon upprepar att skattningen av denna vilkorslöshet är en stor synd, kanske den enda synden. Denna morgon är vår relevans ömsesidig och exklusiv, likt ett obevekligt mysterium vaknar vi överdrivet glada och den ena letar i den andres ögon efter det som för alltid gått oss förlorat. Carmen kysser mig, jag kramar hennes fuktiga kropp och vi ligger så utan något att säga, orörliga.

Jag känner ett hjärta slå under silikonbrösten och jag tänker på Carmen, på vår distans. Den här speglade verkligheten får mig att frukta den fullständiga galenskapen som följer med hopplösheten, som om jag inte kunde se längre än till båsets väggar och den svettiga kroppen. Det finns inget perspektiv utöver den billiga anställningen och en och annan blöt fylla. Dörrarna är stängda eller alldeles för öppna. Det finns ingen logik i den här versionens beroende av fakta. Av rädsla för att se det trasiga taket falla över mitt huvud klamrar jag mig fast vid Carmens tjocka armar.

Innan hon fortsätter att suga mig klämmer hon på min kropp med en jungfrus hängivenhet, hon får mig att känna mig som om vi alla vore oskyldiga där.

271.

DET HÄNDE mitt i natten. Alberto sitter lutad mot lägenhetens fönster, fantiserar bakom gardinerna, tittar på biten av himmel som stakats ut av området på innergården, en liten och klar himmel utan en enda stjärna. Han röker en joint, bestämmer sig för att onanera. Datorn är påslagen och den blanka, sterila skärmen glor på Alberto, hånar hans nederlag. Varje gång Alberto sätter sig ner för att skriva misslyckas han med att utveckla en enda idé, allt förefaller redan skrivet, han känner sig som ett barn som försöker lägga ett pussel som redan lagts och tagits isär miljarder gånger. Alberto föreställer sig alla andra som redan suttit lutade mot fönster och tittat på himlen, rökt och tagit idiotiska beslut utan några perspektiv. Alberto är tillräckligt naiv för att vilja vara originell och tro att det är möjligt. Han skriver av stolthet. Det är inte bara talang som fattas honom, utan även skam i kroppen. Han tror att det han skriver kan överleva sig självt. Alltsammans blockerar honom,

Alberto vill skriva Carmens historia men kan inte hålla kursen.

Han tittar än en gång mot himlen, tar på sig själv igen och kommer i ett glas. Ljudet då glaset krossas mot väggen i sovrummet. När Alberto ser bitarna på golvet ryser han. Utan förvarning får de andra fönstren en stark klarhet bakom gardinerna. De blåaktiga strålarna gnistrar medan himlen blir mörkare, ett mörker man inte kan se. Alberto lutar sig mot fönstret. Han tittar ner, söker efter något slags bekvämlighet, men den finns inte där längre. Alberto sluter ögonen och dyker ner i en virvel av förnimmelser, lyfter benen från marken, hans inre svämmar över, genom porerna. Flyter med stånd.

Efter att ha onanerat ännu en gång tänder han ännu en joint.

277.

POJKEN STOPPAR in långfingret i hålet där telefonautomaten ger tillbaka växeln. Kön blir större och mamman spändare, hon begränsas på grund av sonens idioti. Inne i telefonkiosken är mitt finger uppsvällt, rött. Jag tänker att jag kommer att förlora fingret. Jag gråter lågmält. Jag är orolig för de andra som behöver ringa. Deras angelägenhet blir större i närheten av min existens. De måste ringa och berätta var de är, boka om möten. Sådant där som måste göras. Någon väntar på dem någonstans. Jag har ingenting sådant. Förutom Carmen har jag ingen som väntar på mig. Någon lyfter upp mig, vrider på min hand. Det känns som mitt finger ska gå sönder, jag skriker högt, tårarna rinner. Några har redan gett upp kön, de har gått sin väg för att leta reda på en annan telefonkiosk. Pojken stoppade in fingret i telefonautomaten. Han är dum som inte vet var han stoppar fingret eller så är han dum som lämnar ut sina extremiteter.

Jag snubblar fram längs trottoaren mellan madrasser som hundar, luffare och barn bajsat på, påsar slängda vid vägkanten, några olycksbådande vrak, och flickorna, fula och vackra – men flickor – räddar gryningen, lyser upp Prado Junior. Jag föreställer mig hur steg som gick efter mina skulle låta, en skugga på marken, men det finns ingenting bakom mig efter att jag gått in på Viveiros de Castro och lämnat ljuden och färgerna från bilarna och hororna. I hörnet börjar en offentlig telefon att ringa. Ljudet är aggressivt, slår mot gatan med utomjordisk hets. Maskinen upprepar sina metalliska signaler. Jag bestämmer mig för att svara och då säger en kvinnoröst mellan hickningar:

”Carmen är död.”

Jag kan inte sova så länge Carmen är vaken. Jag kan inte onanera så länge Carmen värmer något lakan. Jag kan inte fly från detta, jag vaknar inte från Carmen. Jag är oförmögen att öppna garderobsdörren, klä mig, knyta mina skor. Jag kan inte sluta se Carmen i varje ögonkast, i varje blick, i varje ben som korsas, i varje höft på alla fyra, i varje doft som påminner om dig för att den är likadan eller annorlunda. Men nu är Carmen död och ingen omfamnar henne. Hon är död och ingen upptäcker längre hennes vägar. Död, hennes himmel blandas inte längre med någon annans. Död, hon bär sina sista trosor, vita i bomull, som ingen någonsin kommer att ta av. Död, utan leende, naken åt maskarna. Död, det enda som finns kvar av henne är det långa håret som aldrig någonsin faller över någon man igen. Död, hon eroderar tills hon inte har några känslor kvar. Död, utan luft som när hennes minnen. Död, hon går inte längre här, hon drar inte till sig någons blick, hon är skyddad så som hon aldrig lyckades vara. Död, hon påminner mig inte om slöseriet. Död, hon begravde det bästa hos mig. Död, det finns inte längre något val. Död, hon kommer aldrig att sluta tala inuti mig.

I de mest otippade ögonblick pratar Carmen fortfarande med mig, lågt. Hon ger mig råd. Hon säger åt mig att inte äta kex till middag, att duscha varmt, att inte stöka till i mitt rum. Hon säger till och med åt mig vad jag ska göra när jag är med andra kvinnor. Hon viskar, talar om vad de gillar. Hon stönar med mig, biter i kudden, sträcker ut sin kropp i min tomma säng. Hon säger vackra saker som jag aldrig mer kommer att få höra. Hon ger mig fina smeknamn, kliar mig, hjälper mig att somna. Den döda Carmen tar upp sin plats i sängen. Den döda Carmen visar sig för mig. Den döda Carmen, en oändlig bön utan religion.

283.

INGÅNGEN TILL det mörka rummet är skyddad av ett litet förrum och av en röd gardin som inte låter ljuset nå fram. När någon går in eller ut därifrån belyser några klara strålar mysteriet om vad som försiggår. Den trasiga ljudanläggningen vid dansgolvet låter högt. Trevande längs väggarna, snubblande på ben och armar som ligger utspridda i rummet, hittar jag ett tomt hörn att luta mig mot. Alberto är långt borta.

Jag försvinner från mig själv in i blindhetens hetta. Tyngden från drickat och mörkret gör att allt känns ännu mer ovisst, väggarna mer lutande och oscillerande, golvet halt, sinnena utan riktning, lama som övergivna barn. När det inte finns något att se börjar mina ögon att uppfinna former, och små ljusbuntar föds i tomheten.

Jag känner en hand mot mitt knä, den tar sig upp till mitt ansikte, stoppar in fingret i min mun. Två fingrar, min mun öppnas. Naglarna spikar fast sig, trycker ut min tunga. Jag försöker göra motstånd, en annan hand tar tag i mina armar, jag får en knuff och strax ligger jag på golvet, ett svar på en obefintlig fråga.

Armarna håller mig fastlåst, det är omöjligt att göra motstånd, kläderna rivs av. Snart sprätter någon upp knapparna på min skjorta, river mitt bröst, blodet som forsar upp till mina axlar kittlas, mina byxor är också långt ifrån mig nu, händer rycker i mig, jag vrids åt alla håll, jag känner stötar och tungor, som om de tillsammans utgjorde en enda stor och irrationell varelse, jag upptäcker att en mun är på väg upp längs mitt ben, den lämnar ifrån sig ett tjockt spår av saliv, jag känner en tungas beröring, dess väg till min ljumske, mitt perineum, kulorna, tungan tar över territorier, det hjälper inte att protestera, jag är orörlig under knän och armar, och den stora munnen biter i ett stycke kött, tungan slickar på mina kulor, jag är lamslagen, jag måste låta det ske, jag vill att munnen biter mig, att den tar bort mig därifrån. Jag ser mig själv be munnen att göra slut på allt men den slickar på min likgiltiga och blöta kuk, omedveten om sig själv, munnen rör sig upp och ner, dreglar, jag sitter i en pöl av saliv och blod som letar sig in i mig, munnen tar en paus, tungan mot mina kulor, någon drar gardinen åt sidan och jag ser, jag kan se, i en reflex, ansiktet bakom munnen, bakom tungan som ormar sig över min kropp. Jag kan se den mycket vita huden, mörkt hår, den skarpa hyn, jag ser bakom munnen, bakom den dionysiska tungan, bakom varelsen med tusen armar och ben som bebor och bespottar mig, bakom den röda gardinen som gömmer sanningen som täcker för ljudet och raderar ljuset, jag ser dit, på knä, tungan på mina kulor, jag ser de tjocka glasögonen spegla sig i mitt eget ansikte, jag ser mitt eget ansikte spegla sig i mina ögon, de synar mig, jag ser mig själv som ett outtröttligt och promiskuöst rovdjur, bakom en blick som är beroende av falska verkligheter. I det mörka rummet ser jag mig själv för en sekund, jag slickar skamlöst mig själv, ögonen stirrar likgiltigt, de innehåller ordens vägar, skillnader som finns mellan speglarna, mellan mina stirrande ögon, min mun som slickar mina egna förlamade lemmar. I denna överdådiga utopi finner jag nyckeln, jag finner nyckeln som skulle kunna öppna och stänga alla dörrar.

I blodpölen, mina ögon är paralyserade av skräck, känner jag på min kropp och upptäcker två köttbitar under halspartiet. Mina fingrar glider över nya kurvor, mjuka, söta, outforskade områden. Jag känner på mina erigerade bröstvårtor och mina knubbiga bröst, hårda som två päron. Jag öppnar benen med svårighet – som ett tjockt gummi, det torkade blodet fastlimmat på huden. Min hand möter tomheten, en enorm och våt vagina. Carmen finns i mig.

Men strax dras gardinen för. Jag sluter ögonen för att inte öppna dem igen. Det finns inga fler dörrar, jag slänger bort nyckeln.

ALBERTO

Alberto går på bilarnas sida av gatan. Han följer trafiken, hans steg är oregelbundna och långsamma, ostadiga. Ibland tittar Alberto upp mot skyn och ser hur träden bildar en enorm mörkgrön tunnel på Viveiros de Castro. I dess luckor kan Alberto urskilja gryningens blåhet och några ljusstrålar polerar hans svullna fötter, insvepta i trasor. Alberto stannar i närheten av en av ljusstrålarna som borrats ner i marken, han följer ljusets väg tillbaka upp bakom bladen, och han föreställer sig hur det skulle vara ifall ljuset kunde återvända och ta sig tillbaka upp över träden. En gång när Alberto gick på toaletten på en bar blev det stopp i klosetten. Vattnet steg, tog med sig alla produkter från hans tarmar och svämmade över i baren. Lite som om saker och ting började falla från ovan, tänker Alberto. Alberto leker med tanken på att vända på sakernas rörelser. Objekten har ju trots allt en förflyttning, deras roller och flöden är väldefinierade. Alberto önskar att han kunde vända på allt. Alberto skulle gärna se att vattnet steg ur avloppen, att vågor av sand invaderade havet, att ljuset från himlen kom från hans fötter och att livet tog slut när man stack ut huvudet.

Vinden bär bladen ner till marken med ett beklagande, som om den vore rädd för Albertos reaktion på denna naturliga ordning. Men snart ska Alberto inte se fler blad. Hans fötter kommer att släppas loss från asfalten och nå en mark av blöt jord som kommer att fylla mellanrummet mellan hans tår fulla av knölar, och mellanrummet mellan hans blöta kött och tånaglarna. Alberto känner en konstig kittling, men han stannar inte. Alberto ser flera stora och små hus, som tågvagnar, han går in i den första vagnen, trång, med röda gardiner i fönstren och bord överallt. Han ser en prislista, som på ett hotell. Men det finns inga rum eller trappor. Plötsligt dyker Carmen upp, som om hon växte ur golvet, en flygvärdinna i hatt med en sergeants hållning. Carmen frågar något.

Det är många vagnar, alla ser likadana ut. Varje gång Alberto går ut ur en dyker andra vagnar upp, och snart finns ingen mer våt mark att gå på, bara vagnar. Nu kopplas de samman som byggnadsställningar och blir till en konstruktion som flyter i luften. Alberto tittar på de svullna fötterna insvepta i trasor och inser att det inte längre finns någon jord i mellanrummet mellan hans tår. Under molnen som flyger i tomheten bakom kajerna ser Alberto den gröna tunneln av träd och gryningen över hela den blåaktiga stranden i Copacabana. Alberto känner regndroppar mot näsborrarna och inser att det regnar, men det är Copacabana som regnar på honom, nerifrån och upp. Dropparna faller hårt, det blåser, och Alberto söker skydd i nästa vagn, som skakar av regnstormen. Strukturen som formats av miljarder meter metall chockas av regnet, nerifrån och upp.

Vagnen där Alberto söker skydd har suddiga fönster som är låsta med hänglås. Men det är inte detta som ska fånga Albertos uppmärksamhet. Alberto kommer att följa ett buller, det kommer underifrån ett av borden, kvävt av lätet från dropparna som slår mot marken. Alberto letar och ser två kvinnoben klädda i ett par svarta och sönderrivna strumpbyxor, lutade mot en stol. Benen är särade och inbjudande på ett konstigt sätt som får Alberto att tänka att de måste vara brutna. Resten av Carmens kropp ligger under bordet, under bordets schackrutiga duk, och den gråter, den gråter lågmält, som en katt som letar efter mat. Alberto söker rätt på Carmens andra ände, han finner huvudet mot golvet. Han försöker dra henne bort från bordet men Carmen kniper våldsamt fast sina ben, hon gråter högre. Obalanserad sätter sig Alberto på golvet och lägger det lilla blonda huvudet i sitt knä. Eftersom det är täckt med hår ser det ut som att det inte finns något ansikte. Huvudet är oproportionellt i relation till benen. Alberto räds för att dra bort håret från

Carmens ansikte och regnet blir värre, det höjer vagnen och skakar byggnadsställningen som håller den i luften. Carmen ligger kvar på golvet, kniper fast Alberto med benen, han ser på hennes axlar att hon har ena handen mellan benen. Utan att veta varför smeker Alberto håret på Carmens barnsliga hjässa, hon gråter högre och högre. Alberto tror att han egentligen tycker synd om Carmen. Alberto förstår inte. Vagnen skakar, Carmen skakar, men i en annan rytm, och Alberto bestämmer sig för att lyfta på den schackrutiga duken. Omedelbart får Alberto ta emot en översvämning av varmt vatten som forsar med kraft, ohejdbart. Carmen och allt annat försvinner. Kvar finns bara vattenstrålarna som blir varmare och varmare, Alberto försöker resa sig men kan inte och ser bara vatten, han ser inte längre golvet, vagnen eller den gröna tunneln av träd eller gryningen över hela den blåaktiga stranden i Copacabana där nere, han kan bara känna den ointagliga vallen av vatten som trycker mot hans bröst och sakta låser luften i hans lungor i ett oupphörligt flöde, som sakerna som stiger och sjunker, som människorna som dör varje dag där i Copacabana, som bajset som faller genom röret, som vägen ljuset skapar tillbaka upp bakom bladen ner till hans fötter insvepta i trasor. Och vattnet börjar ta sig in i Albertos mun och han klarar inte längre att tänka. Hans idéer faller bort i en allt snabbare hastighet, till och med snabbare än vattnets hastighet som krossar hans bröst och snart kommer att döda honom. Sekunden innan Albertos hjärta slutar att sända blod till hjärnan kommer dräneringen som forsar tills den löst upp hans kropp. Han kommer att minnas några saker, och det sista han kommer att tänka är på den där dagen då han gick på toaletten på en bar, det blev stopp i klosetten och vattnet steg, tog med sig alla produkter från hans tarmar och svämmade över i baren.

Alberto kommer uppleva det som om saker och ting började falla från ovan.

BOKFÖRLAGET TRANANS UTGIVNING

Ang, Li. *Slaktarens hustru* (1992)
Achebe, Chinua. *Allt går sönder* (2004)
Achebe, Chinua. *Guds pil* (2015)
Achebe, Chinua. *Inte längre hemma* (2014)
Acimovic, Miroslav. *Den hemliga porten* (2014)
Agnihotri, Anita. *Dagar i Mahuldiha: berättelser och reportage från östra Indien* (2006)
Aidoo, Ama Ata. *Förändringar: en kärlekshistoria* (2002)
Aidoo, Ama Ata (red.). *Kärlek x 21: Afrikanska noveller* (2010)
al-Aidy, Ahmad. *Att vara Abbas al-Abd* (2015)
al-Daif, Rashid. *Käre herr Kawabata* (1999)
al-Kharrat, Edwar. *Stad av saffran: alexandrinska berättelser* (2001)
al-Maghut, Muhammad. *Trampa på mitt hjärta* (2011)
al-Tahawi, Miral. *Gömslet* (2011)
Albahari, David. *Lockbetet* (2009)
Almada, Selva. *Vinden som sprider elden* (2016)
Almeida, Germano. *Familjen Trago* (2001)
Almeida, Germano. *Herr Napumoceno da Silva Araújos testamente* (1999)
Amat, Nuria. *Det lilla landet* (2014)
Amat, Nuria. *Det mest privata* (2009)
Ambai. *Flod* (2008)
Amiry, Suad. *Golda sov här* (2016)
Amiry, Suad. *Sharon och min svärmor: dagbok från Ramallah* (2005)
Andersson, Tomas; Foconi, Stefan. *Gubben i taket: Några Iran* (2003)
Ardavan, Soudabeh. *Berätta för andra* (2006)
Armitage, Simon. *Framtiden var en gång en vacker plats* (2011)
Arriaga, Guillermo. *En svag doft av död* (2009)
Atta, Sefi. *Allt gott ska komma dig till del* (2010)
Ayala, Francisco. *Usurpatorerna* (2011)
Babel, Isaak. *Det nya livet: reportage, berättelser, dokument* (2001)
Bachi, Salim. *Döda dem alla* (2011)
Bachi, Salim. *Muhammeds tystnad* (2016)
Bachi, Salim. *Odysseus hund* (2012)
Baderoon, Gabeba. *Tystnaden innan vi talar* (2008)
Badoe, Yaba. *True Murder* (2014)
Baingana, Doreen. *Tropiska fiskar* (2013)
Bambulunden: Kärleken och naturen i kinesisk dikt (1994)
Barakat, Salim. *Det enhetligas högmod: Kyssarnas tvivel och ständiga farhågor* (2013)
Barakat, Salim. *Döda noviser* (2008)
Barakat, Salim. *Fjädrarna* (2002)
Barakat, Salim. *Geometriska andar* (2011)
Barakat, Salim. *Grottorna i Haydrahudahus* (2006)
Barakat, Salim. *Järngräshoppan* (2000)
Barakat, Salim. *Rov* (2005)
Barakat, Salim. *Sovande rävar i rubiner* (2010)
Barkow, Henriette. *That's my mum – Det är min mamma* (2006)
Basheer, Vaikom Muhammad. *Under mangoträdet* (2008)
Basho, Matsuo. *Det väderbitna benranglet* (2010)
Bayrakdar, Faraj. *Brev från isoleringscell 13* (2011)
Bergqvist, Erik m.fl. (red.). *Till: igår – Tolv vietnamesiska poeter* (2010)
Bernhard, Thomas. *Frost* (2013)
Bernhard, Thomas. *Gamla mästare* (2010)
Bernhard, Thomas. *Heldenplatz* (2011)
Bernhard, Thomas. *Korrigering* (2014)
Bernhard, Thomas. *Mina priser* (2011)
Bernhard, Thomas. *Självbiografierna: Orsaken, Källaren, Andhämtningen, Kylan, Ett barn* (2011)
Bernhard, Thomas. *Skogshuggning* (2007)
Bernhard, Thomas. *Undergångaren* (2004)
Bernhard, Thomas. *Utplåning: Ett sönderfall* (2015)

Bernhard, Thomas. *Wittgensteins brorson: En vänskap* (2011)
Bessora. *Petroleum* (2012)
Bevilacqua, Alberto. *Du som lyssnar på mig: Dikter till en mor* (2010)
Bey, Maissa. *Blått vitt grönt* (2010)
Bey, Maissa. *De utsatta* (2006)
Bolaño, Roberto. *De vilda detektiverna* (2007)
Bolaño, Roberto. *Det okända universitetet* (2011)
Bolaño, Roberto. *Om natten i Chile* (2008)
Bolaño, Roberto. *Telefonsamtal* (2015)
Bombal, María Luisa. *Den sista dimman* (2011)
Bourequat, Ali-Auguste. *Jag såg solen två gånger på tio år: Tazmamart* (2003)
Brandell, Inga. *Algeriet: Demokratins och islamismens tid* (1998)
Braschi, Giannina. *Drömmarnas imperium* (2012)
Buarque, Chico. *Budapest* (2007)
Cárdenas, Teresa. *Brev till mamma* (2008)
Cardoso, Luōs. *Krönika om en överfart* (2002)
Cardoso, Luōs. *Uggleögon, vildkattsögon* (2003)
Cardoso, Luōs. *Överste Santiagos slutgiltiga död* (2006)
Carvalho, Bernardo. *Medo de Sade* (2001)
Cassian, Nina. *Kontinuum* (2011)
Chraibi, Driss. *Enkelt förflutet* (2005)
Cho, Sehee. *Dvärgen som sköt upp en liten kula* (2016)
Cuenca, J.P. *Kroppsligheten* (2016)
David, Filip. *Minnenas och glömskans hus* (2016)
Darwish, Mahmoud. *Mural: Kurden har ingenting utom vinden* (2006)
Del Serra, Maura; Nihlén, Staffan. *Sånger och stenar – Canti e pietre* (2014)
Delius, Friedrich Christian. *Mitt år som mördare* (2013)
Delius, Friedrich Christian. *Porträtt av modern som ung* (2009)
Delius, Friedrich Christian. *Söndagen då jag blev världsmästare* (2006)
Dichter, Wilhelm. *Herrans häst* (2003)
Doan, Le. *Dubbelsängen i Chua och andra berättelser* (2006)
Doulatabadi, Mahmud. *Möten med balocher: Varje människa är ett epos* (2013)
Drummond, Roberto. *Hilda Furacão* (2002)
Erba, Luciano m.fl. *Med ord och utan* (2008)
Fink, Ida. *Resan* (2003)
Fonseca, Rubem. *Den stora konsten* (2000)
Forsberg Langa, Annika & Öhrn, Hans (red.). *Land i förändring: En bok om det nya Sydafrika* (2004)
Franklin, Anna & Rezvani, Reza (red.). *Den osynliga litteraturskatten* (2011)
Gamboa, Santiago. *Förlora är en fråga om metod* (2005)
Gamoneda, Antonio. *Beskrivning av lögnen* (2009)
Gamoneda, Antonio. *Förlusterna glöder* (2007)
García Lorca, Federico. *Fisk, himlakroppar och glasögon* (2009)
García Lorca, Federico. *Fyra korta stycken* (2009)
García Lorca, Federico. *Kvinnodramerna: Blodsbröllop; Yerma; Bernardas hus* (2009)
García Lorca, Federico. *Publiken; Så går fem år; Resa till månen* (2013)
García Lorca, Federico. *Poet i New York* (2008)
García Lorca, Federico. *På Sirius finns barn: dikter för barn och andra* (2015)
George, Susan. *Skuldbumerangen* (1994)
Gogol, Nikolaj. *Det förlorade brevet; Kappan* (2010)
Gorkij, Maksim. *Min barndom* (2012)
Grönberg, Irena & Ingvarsson, Stefan (red.). *Jag i första och sista person: 20 polska kvinnliga poeter* (2008)
Guerra, Wendy. *Alla ger sig av* (2012)
Gullar, Ferreira. *Smutsig dikt* (2004)
Gustafsson Chen, Anna. *Taoistiska berättelser: Gudar och andra odödliga i den kinesiska mytologin* (2001)
Habila, Helon. *I väntan på en ängel* (2006

Habila, Helon. *Mäta tid* (2010)
Haddad, Joumana. *Lilits återkomst* (2010)
Handren. *Skandinavien: En annan ö av rökelse – Skandenvia: Durgeyeki* (2004)
Hardtmann, Eva-Maria & Thorat, Vimal (red.). *Detta land som aldrig var vår moder* (2006)
Harjo, Joy. *Karta över nästa värld* (2012)
Hedayat, Sadeq. *Den blinda ugglan* (2009)
Hinton, William. *Privatiseringen av Kina: Den stora kursomläggningen 1978–1991* (1992)
Ho, Anh Thai. *Bakom den röda dimman* (2007)
Hung-gil, Yun. *Regnperioden* (2009)
Ivanauskaite, Jurga. *Häxan och regnet* (2005)
Jabra, Jabra Ibrahim. *Första brunnen: Barndom i Betlehem* (2001)
Jiang, Zilong. *Häktningen* (1993)
Kanafani, Ghassan. *Män i solen* (2007)
Karim, Fawzi. *Epidemiernas kontinent* (2005)
Kincaid, Jamaica. *Annie John* (2010)
Kincaid, Jamaica. *Min mors självbiografi* (2016)
Kincaid, Jamaica. *Se Nu Då* (2015)
Kitereza, Aniceti. *Regnmakarens barn* (2008)
Kourouma, Ahmadou. *Allah gör som han vill* (2002)
Lagerkvist, Pär. *Ångest; Hjärtats sånger* (2013)
Lê, Linda. *Brottets evangelier* (2013)
Le, Minh Khue. *Monsunens sista regn* (2009)
Lee, Gus. *China boy* (2003)
Lee, Johann S. *Tid för vila* (2015)
Lema, Elieshi. *Bränd jord: en kärleksroman* (2004)
Lennartsson, Anders. *Kinesiska almanackan för Grisens år 1995* (1994)
Lennartsson, Anders. *Kinesiska almanackan för Råttans år 1996* (1995)
Lennartsson, Anders. *Kinesiska almanackan för Oxens år 1997* (1996)
Lennartsson, Anders. *Kinesiska almanackan för Tigerns år 1998* (1997)
Lennartsson, Anders. *Kinesiska almanackan för Kaninens år 1999* (1998)
Lennartsson, Anders. *Kinesiska almanackan för Drakens år 2000* (1999)
Lennartsson, Anders. *Kinesiska almanackan för Ormens år 2001* (2000)
Lennartsson, Anders. *Kinesiska almanackan för Hästens år 2002* (2001)
Lennartsson, Anders. *Kinesiska almanackan för Apans år 2004* (2003)
Lennartsson, Anders. *Älskade tiger* (1993)
Leonte, Eva & Shafran, Dan (red.). *Om jag inte får tala med någon nu: tjugosju poeter från Rumänien* (2011)
Lins, Paulo. *Guds stad* (2003)
Lispector, Clarice. *Blåsa liv* (2014)
Lispector, Clarice. *Familjeband* (2012)
Lispector, Clarice. *Hemlig lycka* (2008)
Lispector, Clarice. *Levande vatten* (2007)
Lispector, Clarice. *Nära det vilda hjärtat* (2012)
Lispector, Clarice. *Passionen enligt G.H.* (2005)
Lispector, Clarice. *Stjärnans ögonblick* (2001)
Ljunggren, Petter (red.). *Tystade röster* (2007)
Ljungstedt, Anders. *Historien om Macão och Ostindiehandeln* (1999)
Lundgren, Gunilla. *Sofia Z-4515 – Zofi Z-4515* (2005)
Lundgren, Gunilla. *Askungen i Rinkeby* (2016)
Lundgren, Gunilla. *Svarta rosor – Kale ruze: romsk litteratur, kultur och historia* (2003)
Lundgren, Gunilla; Ramadani, Ramiz. *Ramiz resa: En romsk pojkes berättelse* (2013)
Löfström, Tomas & Wallin, Birgitta (red.). *Innan Ganges flyter in i natten* (2009)
Löfström, Tomas & Wallin, Birgitta (red.). *Kärlek, uppror och kardemummakärnor: Berättelser från Indien* (2004)
Ma, Van Khang. *Mot strömmen* (2009)
Malek, Niroz. *Under krigets himmel* (2016)

Malmqvist, Göran. *Guldfisken som älskade att sjunga Mozart* (2013)
Malmström, Monica. *Röster från Algeriet: författare och texter i urval* (1998)
Malouf, David. *Lösen* (2012)
Malsuk, Han. *Bortom gränserna* (2011)
Mao, Zedong. *Maos lilla röda* (1994)
Márai, Sándor. *Dagbok 1984–1989* (2014)
Matlwa, Kopano. *Coconut* (2010)
Mazumdar, Dipak. *Hundpromenader* (2012)
Mazumdar, Dipak. *Och doften var ett mörkt vattenfall: fjorton sånger* (2010)
Millares, Julio. *Himlen kan inte vänta* (2004)
Millás, Juan José. *Världen* (2015)
Mo Yan. *Den genomskinliga rättikan* (2014)
Mo Yan. *Det röda fältet* (1997)
Mo Yan. *Förändring* (2013)
Mo Yan. *Granatkastaren* (2016)
Mo Yan. *Yngel* (2015)
Mo Yan. *Vitlöksballaderna* (2001)
Mo Yan. *Ximen Nao och hans sju liv* (2012)
Mossaed, Jila. *Under floden ligger en kudde* (2005)
Muktupāvela, Laima. *Champinjontestamentet: Baltjävlar bland kelterna* (2011)
Müller, Herta. *Hunger och siden* (2011)
Mungoshi, Charles. *Det tomma huset* (2003)
Nair, Anita. *Kvinnor på ett tåg* (2006)
Nath, Vann. *Ett kambodjanskt fängelseporträtt* (2008)
Ndebele, Njabulo S. *Winnie Mandelas klagan* (2007)
Negroni, María. *Bebådelsen* (2010)
Nguyen, Huy Thiep. *Regn i Nhã Nam* (2015)
Nguyen, Huy Thiep. *Skogens salt* (2001)
Nguyen, Ngoc Tu. *Fält utan slut* (2012)
Nõu, Helga. *Ode till en skjuten räv* (2007)
O, Thiam Chin. *Aldrig bättre* (2012)
Ondjaki. *Visslaren* (2009)
Ondjaki. *God morgon kamrater* (2010)
O'Yeah, Zac. *Indiska almanackan: en liten bok om indisk visdom – år 2000* (1999)
Olczak-Ronikier, Joanna. *I minnets trädgård* (2008)
Oumassine, Damia. *Kvinnor i arganträdets skugga* (2012)
Pacheco, José Emilio. *Striderna i öknen* (2014)
Padilla, Ignacio. *Amfitryon* (2009)
Palmberg, Mai & Backström, Carita (red.). *Kultur i Afrika* (2010)
Papakongos, Kostis. *Den sjunde solstrålen* (2010)
Papakongos, Kostis. *Snötäckt lykta* (2006)
Papusza. *Jag är där vinden är och andra sånger* (2014)
Parra, Nicanor. *Fläckar på väggen – Manchas en la pared* (2003)
Pepetela. *Hunden i Luanda* (2005)
Pepetela. *Sköldpaddans historia* (2000)
Phan, Thi Vang Anh. *När man är ung och andra noveller* (2006)
Piglia, Ricardo. *Konstgjord andning* (2013)
Piglia, Ricardo. *Mål i mörker* (2015)
Pop, Ioan Es. *ieud utan utgång och andra dikter* (2009)
Qabbani, Nizar. *Från nostalgisk kärlekspoet till diktare med orden som vapen* (2008)
Ran, Chen. *Privatliv* (2012)
Ribeiro, João Ubaldo. *Ödlans leende* (2002)
Rignell, Hans. *Rättvis handel* (2002)
Robert, Na'ōma bint; Mayo, Diana. *En resa genom islams konst* (2005)
Rozewicz, Tadeusz. *recycling* (2013)
Sainath, Palagummi. *Alla älskar en rejäl torka* (1999)
Saltykov-Sjtjedrin, M. J. *Historien om en stad* (2005)
Saramago, José. *Kain* (2013)
Saucier, Jocelyne. *Det regnade fåglar* (201
Schonstein, Patricia. *Mästarens list* (2010)
Schonstein Pinnock, Patricia. *Okänt barn och andra dikter* (2006)
Schonstein Pinnock, Patricia. *Skyline* (2002)
Shamsie, Kamila. *Brända skuggor* (2014)
Shen, Congwen. *Gränsland* (2011)
Skujiņš, Zigmunds. *Levande dominobricko*
(2016)
Shukri, Ishtiyaq. *Den tysta minareten* (2012)

Singh, Khushwant. *Tåg till Pakistan* (2014)
Snikere, Velta m.fl. *Lettland diktar: Ord och steg – arton poeter* (2008)
Sobti, Krishna. *Lyssna min dotter* (2001)
Stenvång, Eva. *Latinamerikansk och karibisk litteratur på svenska* (2002)
Su, Tong. *Den röda lyktan: två berättelser från Kina* (1993)
Tahir, Baha. *Tant Safiyya och klostret* (2009)
Tavares, Gonçalo M. *Stadsdelen* (2012)
Tiberg, Joar & Svensson, Gunnar (red.). *En väldigt stor vit elefant: Unga röster i mongolisk poesi* (2010)
Tóth, Krisztina. *Pixel* (2015)
Toptas, Hasan Ali. *De skugglösa* (2014)
Tranströmer, Tomas. *Haikudikter: Trespråkig volym* (2013)
Tusen och en natt: Aladdin och den underbara lampan och andra sagor (2012)
Vigna, Elvira. *Den kärlekshistoria som gick att få till* (2016)
Vigna, Elvira. *Saker som män inte förstår* (2005)
Vila-Matas, Enrique. *Bartleby & Co* (2014)
Vila-Matas, Enrique. *Dublinesk* (2013)
Vladislavic, Ivan. *Dubbla negativ* (2015)
Vladislavic, Ivan. *Snabbköpet Rastlös* (2008)
Vladislavic, Ivan. *Sprängskissen* (2012)
Wainaina, Binyavanaga. *En dag ska jag skriva om den här platsen* (2015)
Welsapar, Ak. *Kobra* (2011)
Welsapar, Ak. *Legenden om Aypi* (2015)
Wicomb, Zoë. *Bländad av ljuset* (2011)
Wu , Cheng'en. *Den gyllene cikadan* (2012)
Yang, Mu. *Den gröne riddaren* (2011)
Yi, Mun-yol. *Ett ungdomsporträtt* (2001)
Yi, Mun-yol. *Poeten* (2005)
Young-ha, Kim. *Hur gick det för mannen som satt fast i hissen?* (2012)
Zanzotto, Andrea. *Dikter* (2013)

BERÄTTARSERIEN – NOVELLANTOLOGIER FRÅN HELA VÄRLDEN

Australien berättar: Drömtidens framtid. Ahlström, Lars (red.) (2009)
Brasilien berättar: Ljud av steg. Sjögren, Örjan (red.) (2011)
Egypten berättar: Den rättvisande spegeln. Andersson, Mats m.fl. (red.) (2008)
Estland berättar: Hur man dödar minnet. Klemnts, Kalli (red.) (2007)
Finland berättar: Rådjurens himmel. Hökfelt, Marjut (red.) (2013)
Frankrike berättar: Där vi står nu. Thrane, Maja (red.) (2014)
Georgien berättar: Goris fästning. (2013)
Grekland berättar: Fikonträdets sång. Swahn, Jan Henrik (red.) (2007)
Indonesien berättar: Tusen gevärskulor, tusen fjärilar. Danerek, Stefan & Hildingsson, Lennart (red.) (2012)
Italien berättar: En förebådande dröm. Andersen, Ida (red.) (2009)
Iran berättar: Dans på slak lina. Cheheltan, Amir Hassan (red.) (2004)
Kambodja berättar: Bladen faller långt från stammen. Mattson, Anna (red.) (2013)
Kanada berättar: Minne av vatten Sørensen, Magdalena (red.) (2015)
Kina berättar: Solskenet i munnen. Gustafsson Chen, Anna (red.) (2004)
Kurdistan berättar: Fåglarna återvänder till bergen. Shakely, Farhad (red.) (2011)
Lettland berättar: Människomuseet. Kronberg, Juris (red.) (2008)
Litauen berättar: Att avregistrera ett spöke. Macianskaite, Loreta (red.) (2005)
Moçambique berättar: Kärlekens ärr. Helgesson, Stefan (red.) (2010)
Polen berättar: Navelsträngen i jorden. Grönberg, Irena & Ingvarsson, Stefan (red.) (2005)
Schweiz berättar: Sensommarmöten. Funke, Benita m.fl. (red.) (2011)
Sydafrika berättar: En stereo i Soweto. Ristarp, Jan (red.) (2005)
Tjeckien berättar: I sammetens spår. Hedin, Tora m.fl. (red.) (2009)
Tyskland berättar: Den mindre halvan av världen. Lundberg, Lotta (red.) (2007)
Vietnam berättar: Eldsommar, julíregn. Lidén, Karin (red.) (2003)
Österrike berättar: Varma och kalla bad. Ihmels, Yvonne (red.) (2007)

BARNBÖCKER FRÅN BOKFÖRLAGET TRASTEN

al-Najjar, Taghrid; al-Askari, Rim Walid (ill.). *När det knackade på dörren* (2013)
Asare, Meshack. *Fredens trummor* (2010)
Cárdenas, Teresa. *Slaven* (2011)
Diarra, Alpha Mandé; Ehret, Marie-Florence. *Äventyr i Bamako* (2012)
Epanya, Christian. *Papa Diops taxi* (2006)
Gefen, Shira; Polonsky, David (ill.). *Det hjärtformade lövet* (2012)
Gidfors, Kerstin (red.). *Dear Friends: Photographs and letters by youngsters in South Africa and Sweden* (2010)
Hyangkeum, Kim; Sukhee, Choi (ill.). *Världen i kartan* (2008)
Jadezwein, Mhlobo; Morris, Hannah (ill.). *Tshepo Mde är tillräckligt lång* (2010)
Landsbergis, Vytautas V. *Dominic – den förälskade hästen* (2006)
Lundgren, Gunilla (red.). *Rinkeby 163: världens by* (2013)
Mennen, Ingrid; Daly, Niki; Maritz, Nicolaas (ill.). *Ashraf från Afrika* (2010)
Montes, Graciela. *Otroso: senaste nytt från underjorden* (2007)
Mwankumi, Dominique. *Gatans prins* (2011)
Ngangué, Eyoum; Titi, Faustin (ill.). *En evighet i Tanger* (2007)
Nguyen, Ngoc Thuan. *Blunda och öppna ditt fönster* (2007)
Ondjaki; Wojciechowska, Danuta (ill.). *Ynari: flickan med de fem flätorna* (2010)
Rafael, Nanoy; Bumatay III, Sergio (ill.). *Naku, Nakuu, Nakuuu!* (2012)
Sauter, Peeter. *De lata barnens bok* (2007)
Sharafeddine, Fatima; Intelaq, Mohammed Ali (ill.). *Ibn Battuta* (2013)
Sukhee, Choi. *Jordbarn, Himmelsbarn* (2011)
Tadjo, Veronique. *Mamy Wata och monstret* (2008)
To, Hoai. *En syrsas memoarer* (2006)
Uchida, Rintaro; Nishimura, Shigeo (ill.). *Spöktåget* (2009)
Yumoto, Kazumi. *Vänner* (2009)